左《と》見《み》右《こう》見《み》

四字熟語

別役 実

大修館書店

左見右見《とみこうみ》四字熟語　目次

＊「焼肉定食」～「優柔不断」は『月刊しにか』（大修館書店）二〇〇二年四月号～二〇〇四年三月号に連載。「無我夢中」～「画竜点睛」は書き下ろし。

左《と》見《み》右《こう》見《み》 四字熟語

焼肉定食

以前或る試験で、「弱肉強食」の「弱」と「強」を伏せ字にして、「四字熟語を完成させよ」という問題を出したところ、「焼肉定食」という解答が出現した、という有名な話がある。「だそうだよ」と言うと、たいていは「あはは」と笑って、話はそこで終わってしまうのであるが、ある時「で、それは正解とされたのかい」と聞いてきた奴がいた。

そう聞かれてみると、ちょっと困るところではある。確かに「弱肉強食」と違って「焼肉定食」は、世の「四字熟語辞典」なるものには採用されていない。しかし、「四字」より成る「熟語」であることは間違いないのであり、そのあたりの定食屋に入って壁の貼り紙を見れば、たいていこう書かれているのを目にすることが出来るから、一般にもよく知られている。

もちろん、「それにまつわる有名なエピソードも、教訓もないじゃないか」という考え方は出てくるだろう。「四字熟語」というものは、多くは中国に由来するものであり、それがそのような慣用句になるに至った裏付けとなるエピソードがあって、それによる教訓が含まれている場合が少なくない。しかし、「でなくてはならない」というものではないのである。

しかも、「焼肉定食」だって「弱肉強食」との取り違えがここまで有名になると、それ自体がエピソードになって、間もなく、そこにひとつの教訓を見出すことになるかもしれない。たとえば、「あいつは、焼肉定食みたいな奴だよ」というのが、「わかり切っている路線を、思いがけない方向に踏みはずす奴」の意味に、使われはじめないともかぎらないからである。

「一時停止」もそうである。これも、そのあたりの交差点でいくらも見かけるから、言葉としてはよく知られているが、「四字熟語辞典」には採用されていないであろう。しかし、「あいつは一時停止のきかない奴でね」というように、単に交通用語としてではなく、使われはじめている。つまり、それらしいエピソードこそないものの、他に転用可能な慣用句にはなりつつあるのであり、それだけで「四字熟語」としても通用しそうな感じがしないでもないのだ。

「いや、四字熟語というのはね」と、こうした考え方に、やや感覚的な異を唱えるものもいる。「もっと古風で、鎧兜《よろいかぶと》で身を固めたような厳《いか》めしさがあり、一見それとわからない、含みを持たせた意味を内包しているものなのだ」と。確かに、それは言える。最初にこう開き直られてしまうと、「焼肉定食」や「一時停止」など、ブラック・タイ着用の式場に、アロハ・シャツで紛れこんだような気恥ずかしさを覚える。

我が国の文体には仮名文字による「たおやめぶり」と、漢文のメリハリを生かした「ますらおぶり」があるとされていた。双方とも、口語文体の導入により廃れたと言っていいのだが、「四字熟語」にだけ何故か、既に廃れたはずの「ますらおぶり」のメリハリが残されているのであり、それが「鎧兜で身を固めたような」という印象を与えるのであろう。そして、「それこそが四字熟語の四字熟語たる所以のものである」と主張したがる理由も、その意味でよくわかる。

というのは、「たおやめぶり」というのが女性のものであり、「ますらおぶり」というのが男性のものであることは、言うまでもないことであるが、これまでの我が国の文体の歴史を振り返って見る時、ことごとく「ますらおぶり」の敗退の過程であったことに気付く。口語文体の出現により、双方が廃れたとはいえ、これもひとつの、「文体の女性化」にほかならない。

つまり、この長期にわたる流れの中で男性は、自らの言葉とその言いまわしを、なしくずしに女性化させられ、奪われていったのであり、かろうじて残されているのが、文体における断片としての「四字熟語」だけだった、というわけだ。第二次大戦後、民主化の風潮の中で政治家の演説が、いわゆる「演説口調」であることを失い、「語りかける演説」(口語文体化である)に変わった時が、その最後だったとも言えるであろう。

ともかく、その意味で今日の「四字熟語」というのは、「かつては男も言葉を持っていたのだよ」ということを示す、記念碑的なものになりつつある、と言っていいのである。日常語の中にそれが入りこんでくると、新石器時代の地層に旧石器時代の遺物が紛れこんできたような異物感があり、「誰かが人を驚かそうとして、こっそり埋めこんだのではないか」ということにもなりかねないが、それはそのせいである。

しかし、にもかかわらずここへきて、「四字熟語」がはやりつつある。「四字熟語辞典」なるものが出来たのも、最近のことであろう。これは、「男性用語」であり、男性的なものをすべて排除しようという風潮の中で、当然忌避されてしかるべきもののように思われるが、ひところ問題にされた片仮名表記の外来語ほどにも、邪魔立てされていない。

もしかしたら、かつて「四字熟語」にあった男性的な「匂い」は既に失われて、その珍奇で骨張った字面の手触りと、音韻法則の独自性のみが、面白がられているのかもしれない。ありそうなことである。最近のポップ・ソングは、断片の日本語と英語との混合によるものが多いのであるが、間もなくそこに「四字熟語」が入りこんでくる可能性は、大いに考えられるだろう。

というわけで今回、世にある「四字熟語」なるものをひねくりまわしてみたいと考える。考古学者が、そのあたりを掘って、何やら意味ありげなものを見出し、ためつすがめつする手つき、と考えてみていただければわかりやすい。「四字熟語」は、どうやらそういう時代のものになりつつあるのである。

謹厳実直

「そう言えばそういう言葉もあったな」というのが、大方の感想に違いない。これが美徳であった時代は終わったのである。もちろん、いつ終わったのかということは誰にもわからない。ただ、高度経済成長期が「そろそろバブルかな」という段階に入ったころ、「これからは二宮金次郎の時代ではなく、三年寝太郎の時代だよ」と言われはじめていたから、「恐らくはそのあたり」と見当をつけておいて、ほぼ間違いないだろう。

少なくともそれ以前には、「謹厳実直を絵に描いたような人」というのが、我々の周辺に一人か二人は必ずいた。私は「謹厳実直」というと何故か、例の袖がすり切れることを防いで袖につけた、「袖カバー」のことを思い出すのだが、紺色の事務服にそれをつけ、老眼鏡をかけ頭のはげかかった初老の男が、事務所の奥に座って、Gペンで書類に細かい数字を書きこみながら、眼鏡ごしにこちらをじろっとにらみ、「ヨシダくん、執務中の私語はつつしみなさい」などと、女の子に注意したりするのである。

言うまでもなく、「ヨシダくん」と呼ばれた女の子はムッとするし、その子の「私語」を必ずしも快く思っていなかった周辺の我々も、何故か「ヨシダくん」の方に同情する。「謹厳実直」が言うと、それがどんなに正当なことであっても、「まあ、お前さんの言うこともわかるけどね」と、何かしらそこにひとつ、留保条件をつけたくなるのだ。従ってもしかしたらもうそのころ、「謹厳実直」はその名の通りには通用しなくなっており、「謹厳実直で悪かったな」という、一種の「開き直り」のニュアンスがまぶされていないと、表には出せなくなっていたのかもしれない。我々はそれにひっかかったのだ。

「でもね」と、にもかかわらずそのころの職場には、必ずそうした「謹厳実直」を弁護する考え方があった。「なんのかんの言っても、彼みたいなのがいるからこそ、この職場はもっているんだからね」と。まるで「必要悪」みたいな言い方ではあるが、同時に、これが大方の不満を押さえこむだけの説得力も持っていたということであろう。

しかし、こう言って我々平社員の不満をなだめていた、いわゆる「ものわかりのいい」

上司が、その同じ考え方で「謹厳実直」を地で行く中間管理職たる彼を、大切にしたり、尊敬していたり、好いていたりしたかというと、必ずしもそうではない。こうしたやりとりは、上司と平社員がそのあたりの安酒場で交わすことが多いのだが、たいていそこに「謹厳実直」はいないのであり、それは、「課長、あの係長も呼びますか」「いや、あいつはいいよ。あいつが来ると座が白ける」といったようなことがあっての結果にほかならないのである。つまりこの上司もまた、「謹厳実直」はそれとして認めながらも、つきあいたいとは考えていないのだ。

それでは、そのころ「謹厳実直」たる当の係長は何をしているかというと、どこか他の安酒場でひとり酒を飲みながら、おかみや他の客に嫌がられているか、家に帰って女房や子供を叱りつけている。もちろん、「でもね」と、おかみは他の客に、女房は子供たちに、「あの職場はあの人でもっているんですから」と言ってるかもしれないが、当の本人には聞こえてこない。「そう言ってるはずなんだが」と、ひとり不安そうにつぶやいてみるだけなのだ。

「謹厳実直」が、必要とされながらもないがしろにされ、時を経て自然消滅させられていったのも、やむを得ないことと言えよう。もしかしたらそれは、「あなたね」という女房のひとことだったかもしれない。「あなたの言うこともよくわかりますし、それでなくては仕事にならないこともよくわかりますが、それでみなさんに嫌われてしまったら、なんにもなりませんよ。少しはみなさんに好かれるようにしなくちゃ」。そこで、「駄洒落」の本を買いこんで、職場で突然「この帽子ドイツんだ」「オランダ」などとやり、みんなのひんしゅくを買うか、口をつぐんで言いたいことも言わずに、ストレスをためこんで病気になるか、いずれにしてもそれは、消えてしまうのである。

「謹厳実直」というのは、我が国の風土が育てあげた美徳の内でも、かなりの傑作であり、それに支えられて安定してきた時代も、決して短くはないのだが、それがここへきて、どうしてこのような急激な「落ちこみ」を見せたのか、不思議と言えば不思議に違いない。もっとも、今あらためて考えてみると、第二次大戦後の復興期から高度経済成長期にかけて、まだ「謹厳実直」がその本来の効力を発揮している時代ですら、それには「必要悪」のニュアンスがまつわりつき、孤立無援の美徳、という感じがあった。つまり、それを美徳とする保証人が、どこにもいなかったのだ。一体「謹厳実直」たちは、何を信じ、何に拠ってそれであることを自ら律していたのであろうか。

信仰はともかく、「謹厳実直」はそれなりの美学も、確立し損なったと言っていいだろう。原イメージは、前述したように二宮金次郎であるから、例のたきぎを背負って本を読んでいる姿だが、それが現代に至ってどうなったかを探ると、私の場合、これも前述した「袖カバー」しか思い至らないのである。あれが職場から姿を消すとほぼ軌を一にして「謹厳実直」もいなくなったから、もしも天才的なデザイナーが現れて、「まさしく現代」と思われるような「袖カバー」を出現させていたら、「或いは」という気にもさせられるのである。

何はともあれ、例のトキと同様、「謹厳実直」は絶滅した。今後我が国は、「謹厳実直」なしでやってゆかなければならない。つまり「ものわかりのいい」上司と、「不平不満の多い」平社員だけである。「お楽しみ」といったところだろうか。

豊年満作

そのまま人名にしても通るせいか、かつては漫画や喜劇の登場人物に、よく「豊年満作さん」というのが出てきた。たいていは小太りで丸顔の親父さんで、いつもニコニコ笑っているのである。お人好しで、やや間のびがしているものの穏やかで、ことさら毛嫌いするほどのことはないのだが、そばにいると何となくうっとうしいという、そういった役どころであったろうか。

「豊年満作」という言葉自体にも、そうしたニュアンスがある。言うまでもなくこれは、我々がまだ農耕民族であったころ、最も喜ばしい状況を言う言葉として通用していたものだが、この「手ばなしの明るさ」には、どことなくうんざりさせられるものがあったのだ。

どうしてそうなのかということは、よくわからない。

我が国が工業国となり、高度経済成長期を経て、いわゆる「バブルの時代」に入った時、かつての「豊年満作」とは比較にならないくらいの「豊かさ」を、我々は手にしていたのであるが、同時に我々は、それと同量の、もしくはそれをはるかに超える「不安」をも内に抱えこんでいた。後にその時代を「バブルの時代」と呼ぶことになったのは、そのせいであろう。

「豊年満作」という言葉には、それがない。「来年はもしかしたら凶作になるかもしれないぞ」などという「不安」を、かけらも感じさせず、現時点でのそれに疑いもなく充足してしまっている感じなのである。こうした「底抜けの楽天性」が、我々にややうっとうしく感じさせる、一因になっているのかもしれない。

そしてもうひとつ、私はいつかアメリカの農業を紹介するドキュメント・フィルムで地平線まで広がる広大な麦畑を、巨大なコンバインが刈り取り作業をしており、取りこんだ麦粒を、これも巨大なパイプから吐き出して山と積み上げている図を見て、「これこそ豊年満作だ」と思ったことがあった。それに比較すれば、我が国の「豊年満作」など、たかが知れている。

しかし、にもかかわらず我が国の「豊年満作」にも、見果てぬ夢としてではあれ、この図を彼方に見据えている感じがある。膨大な量に対する憧れである。そしてその量が、すべてを解決してくれるであろうとの、極めて素朴な確信である。この素朴さが、我々を苛立たせるのかもしれない。

もちろんここへきて、「豊年満作」という言葉に接することは、ほとんどなくなった。言うまでもなくそれは、我々が農耕民族でなくなったせいであるが、同時にそれは、「豊年満作」という言い方の中にある「量への憧れ」に対して、我々が少なからず不信感を抱きはじめたせいもあるだろう。

「豊年満作」という言葉が、農業の機械化と化学肥料を生み出し、ひいては公害と自然破壊をもたらすことになった、と言ってもいいような気がする。「どこにそんな意味があるんだ」と言われれば、反論のしようがないものの、もしかしたらその語感の、余りのあどけなさと、かげの無さの中に、それをそうさせたものがあったのかもしれない。この言葉に「バブルの時代」という言い方を借用し、「泡年瞞作」というイメージが重ねあわせられるようになっていれば、こうはならなかったであろうと思われる。

ところで、「豊年満作」という言葉こそ使われなくなったものの、「豊年満作」の思想そのものは、依然として生き続けている。確かに、「私が作りました」という署名付きのニンジンや、有機栽培によるジャガイモなども出まわっているが、一方で、遺伝子組み換えの大豆なども、出まわっているからである。肉骨粉で育てた牛なども、この同じ思想に基づくものと言っていいだろう。もしかしたら、「豊年だ、満作だ」と一時期はしゃぎすぎてそれに対する反省ははじまったものの、ブレーキが効かなくなっているのかもしれない。

もちろん、「飢餓」の問題がある。私は、我々が農耕民族でなくなり、「大量生産」への不信感が生ずることによって、「豊年満作」という言葉が失われたとしたが、もうひとつ、前述した「バブルの時代」は「飽食の時代」とも言われていたのであり、それもこの言葉に対する関心を失わせた、ひとつの理由となるであろう。つまり、「豊年満作」というのは、「飢餓」と対応していたのであり、一方に「飢餓」の恐怖が現実のものとして確かめられていたからこそ、「豊年満作」という、ほとんどファンタジーとしか思えないようなイメージが、必要だったのだと言えないこともない。

だとすれば、「飽食の時代」という、「飢餓」感覚など確かめようもない状況下で、「豊年満作」という言葉がいささかうっとうしく感じられるのも、無理ないということになる。そしてまた、我々は「飽食の時代」にあり、「飢餓」とは無縁のところで生活しながら、世界には広大な「飢餓」地帯が現に存在しており、「豊年満作」の思想が依然として必要であるという事実があって、その点も無視出来ないということが、問題を更に複雑にしている。

つまり我々は今、「豊年満作」という言葉を、どう取り扱っていいかわからずに、もて余しているところなのである。「バブルの時代」以後の「不況」について、ある識者が、「今日の不況がわかりにくいのは、それがかつての不況のように、飢えに結びついていないせいである」と言っていたが、その通りであろう。「不況」は、「飢餓」に結びついてはじめて身体感覚となる。そして、「豊年満作」にも、同じことが言えるに違いない。身体感覚としての「飢餓」が身につかない限り、「豊年満作」という言葉を、快いものとして口にすることは出来ないのである。「早くそうなればいい」とも言えないのだが……。

八方美人

「東西南北」で「四方」であり、これに「上下」が加わっても「六方」であるから、あと「二方」あるはずなのだが、これがわからない。「夜と昼じゃないか」という説もないではないものの、この場合はそのそれぞれに「六方」あることになるから、「十二方」ということになってしまう。

ともかく、「どこから見ても美人」なのである。大変結構なことと思われるが、注意しなければならないのは、こう言われても喜んではいけない。怒り心頭に発してつかみかかるまでのことはないものの、せめてムッとするくらいの反応は示さなければならないのである。

思うに、どんなに美人であっても、「どこから見ても」ということはあり得ないと、世に確信されているからであろう。「東西南北」くらいは何とか繕うことが出来ても、頭のてっぺんに禿があったり、足の裏に水虫があったりするものだと、されているのである。従って、それすらもなく、あと「二方」を加えても何もないとなると、逆に不安になるに違いない。何かしら、不正が行われているような気がするのである。つまり、「あいつは八方美人でね」と言われたら、そいつは「どこから見てもよさげに見える分だけ、いかがわしい」ということになるのだ。

かつて、「リアリズム」ということがさかんにもてはやされた時代、「リアリズムって何だい」と聞いた奴がいた。これに正当に答えるのはなまやさしいことではないが、聞かれた人間が世なれたものだったと見えて、「つまりね、汚ないってことだよ」と、事も無げに言ってのけたという例がある。

そして、やりとりの荒っぽさについて言わないことにすれば、これはこれで充分通用したのである。演劇の世界でもよく、「何となく嘘っぽいなあ」ということで、舞台上の道具や衣裳に、「汚しを入れる」ということをする。つまり、「汚なく」することによって、現実感を増すことが出来るのである。

新幹線がはじめて我々の前に出現した時、或る舞台人がつくづくとそれを見て、「どこかにちょっと、汚しを入れた方がいいんじゃないかな」と言ったという話がある。あまりにも白く、つるりとしていて、蒸気機関車しか知らない世代のものにとっては、乗り物としての現実感が感じられなかったせいであろう。

私自身は、はじめて白鳥を見た時、同じことを思った。それまでは、絵で見て知っていたのだが、絵だから美化されているのだろうと思っていたところ、そのままだったので「まさか」と思ってしまったのだ。舞台美術家だったら、「あの羽の下あたりに、汚しを入れよう」と思ったに違いない。

かくのごとく、世にあるものはすべて、そのどこかしらに、やむを得ず「汚なく」なってしまっているところがあって、それを通じて我々は、その本体に迫り得るのであると、固く信じている。そうしたところがどこにも見当たらないと、どうしていいかわからなくなってしまうのだ。

いつだったか、府中刑務所の灰色の塀に絵を描いて、その殺風景なたたずまいをなごませてはどうかという話が持ち上がり、問題になったことがあった。ちなみに、府中刑務所の塀というのは、例の「三億円事件」で、現金輸送車が襲われた、まさしくその舞台となったところである。当然ながら「冗談じゃないよ」という反対意見が出て、私もその方に与《くみ》したのだが、言うまでもなくそれは、「三億円事件」の舞台だったからではなく、そのようにして風景から「汚し」の部分を取り除くことで、風景としてのリアリティーが失われるという考え方に、或る切実なものを感じとったからにほかならない。

もちろん、我々の反対意見にもかかわらず（とは言っても、そこここでぶつぶつ言っただけで何もしなかったのだが）塀には、確か付近の画学生の手で、メルヘン調の絵が描かれたそうである。このように、「八方美人」という言い方があり、それがそうであることを否定する言葉であることを知っていながら、何故か世は、「八方美人」の方に向かおうとしつつある。これがこの言葉の取り扱いの、難しいところであろう。

「リアリズム」という言い方それ自体も、言われなくなったとは言えないものの、言われることが少なくなったし、ましてやそれを「汚ないこと」と言い切ることは、出来なくなった。「汚ない」ことを通して本体を探り出そうという考え方がなくなったこともさることながら、「汚ない」ということの内実が、かつてのそれと変わってきているような気がする。

妙な話だが、かつては「汚ない」ことは、同時に「美しい」ことでもあった。少なくとも、何かしら「しっかりしたもの」もしくは「確かなもの」をそこから感じとれたのである。今日の「汚なさ」には、それがない。

私がいつも感じるのは、街角に積みあげられた、ビニール袋に包まれたゴミの山である。あれは「汚ない」のではない。「うす汚ない」のである。「汚ない」ということの、奥行きが感じとれない。いつかテレビで、インドのムンバイの貧民窟の映像を見せられ、「さすがに汚ないな」と、その「汚なさ」に逆に好感を持ったことがあったが、我が国の「汚なさ」は、今日その逆を辿っているような気がする。

気取った言い方をさせてもらえば、「汚なさ」というものが連続している底深い暗黒部と切れているのであり、こうした「うす汚なさ」なら、灰色の刑務所の塀に、ペンキでメルヘン調の絵を描いて、「きれい」とするような、「八方美人」的手法の方がいいと言えないこともない。

そうなのだ。もしかしたら我々は、その種の考え方の岐路にさしかかりつつある。そしてもしかしたら、間もなく我々は、「八方美人」が悪口であることを、失うことになるかもしれない。

白河夜船

一見するところ、詩情あふれる美しい言葉のように思える。星明かりで川面《かわも》が白くぼんやりと浮かびあがり、そこを川舟が、ゆっくりと下って行くのである。意味は、「前後不覚にぐっすりと眠りこんでいること」となっているから、そうした情景を暗に想定しながら、本体は舟底に長々と横たわり、眠りこんでいるというわけであろう。

しかし、言葉の由来をひもといてみると、ここで感じとられた詩情らしきものは、たちまち雲散霧消してしまう。これは「京都を見てきたと嘘をついたものが、白河はどうだったと聞かれ、てっきり川のことだと思い、そこは夜、舟で下ってきたからわからないと答えた」(『毛吹草』)という話からきているのであり、いわば「わらい話」にほかならないからである。

しかも我々は、ひとまずこれを中国伝来の漢詩の一節ではないかと考え、たとえば官を追われた壮士が、野に下る情景として捉えたくなったりするのであるが、「日本の話だよ」ということでそれが裏切られ、「わらい話」であり、「白河」というのは地名のことだということになって、もう一度裏切られるというわけである。由来を知って、「二度ガッカリする言葉」と言ってもいいかもしれない。

ただ私は、この言葉がこれほど世に流布するに至ったのは、私がそうだったから言うのではないが、多くの人々がこの由来を知らず、むしろその詩情に魅せられてのことだったのではないかと考えている。つまり、私が冒頭に紹介したような情景を、無意識に想定しつつ、使っているのであろうと思われるのである。

そして、もしそうだとしたらこの言葉は意味としては確かに、「前後不覚にぐっすりと眠りこんでいること」に違いないものの、同時にその前途に、「ぼんやりとした不安」を予定しているもののように思えてならない。問題は、この「白河」という場合の、「白さ」にあるのではないかと、私は考えているのだ。

私はこれを、「星明かりで川面が白くぼんやりと浮かびあがり」としたが、言うまでもなくこれは、「月明かり」ではないだろうという推測に基づいている。「月明かり」では、余りにも情景がくっきりしすぎていて、「夜船」に、「眠り」というものを内に抱えこんでいる穏やかさや、深さが感じとれない。そこで「星明かり」とならざるを得ないのだが、これが創り出す「白さ」というのは、「見てとる」というよりむしろ「感じとる」という類いのもので、もしかしたら、「眠っていても、感じとれる」ものではないか、との予感を抱かせるのである。

つまりこの場合、ゆったりと流れる川を下ってゆく舟に身を横たえ、深く眠りながらも、その夢の中で、星明かりにぼんやりと浮かびあがる川面の「白さ」を、いやおうなく感じとらされている、というわけである。やや不安神経症的な反応には違いないものの、由来と関わりなく、言葉自体の印象からすると、こうした読み方も出来るに違いない。

そして、これが問題である。従来この言葉は、不安のあるなしにかかわらず、その埒外《らちがい》にあることを、やや突き放して示すものであった。「俺たちだけでどうのこうの言ってもはじまらないじゃないか。本人を連れてこい、本人を」「あいつは駄目です。今ごろは酒をくらって、白河夜船ですよ」というのが、典型的な使い方と言っていいだろう。

つまり、埒外にあるものが、埒内にあるにもかかわらずその気になっていないものを示す言葉なのであり、もう少し決めつけて言えば、不安を感じる必要のないものが、不安を感じてしかるべきなのに感じてないものを指して、非難とあきらめをこめて言う言葉なのである。従って、「白河夜船」と名指された本体は、名指した周囲がどう考えようと、「太平楽を決めこんでいる」ということになり、一種の幸福な状態にある、ということになっていた。

しかし、「白河夜船」という言葉自体の中に、本人が不安を感じているであろう要素が含まれているとなると、事情はかなり違ってくる。客観的には「太平楽を決めこんでいる」ように見えても、内実は必ずしもその通りではない、ということになるからである。そして恐らく、「白河夜船」にあるものを「白河夜船」と決めつける時、人々はそのニュアンスも感じとっていたであろうと思われる。非難とあきらめをこめて言いながらも、かすかに思いやりも秘めていたのである。そうでなければ、この言葉がこれほど一般化した理由は考えられない。

「月満つれば欠ける」という言葉があるように、「栄枯盛衰」という言葉があるように、我々は幸福というものを、それ自体のものとして感じとるより、流れにおける一過程として感じとることになれている。つまり、幸福は、次にやってくるであろう不幸の前ぶれなのであり、不幸は、次にやってくるであろう幸福の前ぶれなのである。

「白河夜船」という言葉に、「前途におけるかすかな不安」を感じとらざるを得ないのは、この種の民族的な感受性によるものと思われるが、私の見るところこの感受性は、今日言われているところの「情報化」と「グローバリズム」が進行する中で、更に強くなりつつある。そして、現在でこそ「白河夜船」は、「前途にかすかな不安を感じとりつつも、おおむね幸福」と、「幸福」の方に重きを置かれているが、これは間もなく逆転し、「幸福のように見えて、その実大きな不安を感じている」という意味に、変えられてゆくのではないかと考えている。

現に先日若いものが、「夜はよく眠れるのかね」と聞かれて、「いいえ、ほとんど白河夜船でして」と言っていた。彼は、眠りの浅いことをそう言ったのであり、もしかしたら今後は、そのように使われることになるかもしれない。

七転八起

「七転八起」と書いて「しちてんはっき」と読むらしいのだが、通常は「ななころびやおき」と言っている。その方が、日本語として「こなれがいい」ということであろう。この言葉の、日常会話における使用頻度が高いのも、こうしたなじみやすい語感によるところが大きいと思われる。

ところで、誰も問題にしていないので、ことさら私が手柄顔をしてあげつらうこともないのだが、この言い方では一回「起き」が多すぎる。つまり、七回「転ぶ」のであるから、七回「起き」れば既に立ち上がっているのであり、「七転七起」でいいのだ。というわけで、この多すぎる一回の「起き」をどう考えればいいのであろうか、というのが今回の問題である。

もちろんこの言葉の発案者が、「転ぶ回数より、一回だけ多く起き上がる」ことを念頭において、深く考えることなくこうしてしまったのであろうことは、大いに考えられる。そこで実際にやってみれば、七回目に立ち上がって、「おや、もう起きちゃってるよ」ということに気付いたであろう。この種の発案者は、こうした労を惜しんではならない。

また、この言葉に似て非なるものとして「七転八倒」というのがあるが、もしかしたらこちらの方が先行していて、発案者はこれに改良を加えるべく、機械的に「倒」を「起」に入れ替えたということも、考えられる。手続きがこのようなものだったとすれば、「七」と「八」の組み合わせは動かせないから、もしそこで「起き」が一回多いことに気付いても、「まあ、いいや」ということになりかねない。

ただ、「七」と「八」をこのように使った四字熟語をこれ以外に探し出してみると、「七難八苦」や「七嘴《しちし》八舌《はちぜつ》」などが拾い出されるのであるが、これらはいずれも「同じ事柄を、これでもかというように畳みかける」ように使われており、「七転八倒」と同種であることがうかがわれる。「七転八起」だけが違うのであり、「七」と「八」の組み合わせによる使用方法を、敢えてねじ曲げて作り出したもの、との感を強くする。

「七転八倒」が、出典を『朱子語類』とされていることから中国産であり、「七転八起」が、出典を明らかにされていないことから日本産であるらしいことからも、この種のいきさつがうかがわれる。つまりはこの発案者が、中国産の「七転八倒」を前にして、「これじゃいくら何でもひどいから、何とか前途に光明を見出すことは出来ないだろうか」ということでひねり出したのが「七転八起」だった、というわけである。いわゆる「やさしい日本人」が考え出しそうなことではないか。

というわけで、どうしてこのような間違いが生じたのかという点については、ほぼ解明が出来たと思われるのだが、問題は今後の対策である。この点について国語審議会に問題提起し、今後は「七転八起」を「七転七起」(ななころびななおき)にしてもらうべく働きかける、というのが最も正当なやり方であるが、あの国語審議会がこのような問題で、おいそれと重い腰を持ち上げるとは思えない。

しかも、「七転八起」は「七転八起」として、広範に国民間に出まわってしまっているのである。前述したように、これが「しちてんはっき」なら「しちてんしちき」にすることも不可能ではない、という説もある。しかし、「ななころびやおき」となっているものを、「ななころびななおき」にすることは出来ない、と言うのだ。これは既に、言葉というより、音韻法則として身体に深くきざみこまれてしまっているからであろう。

「今のところまだ、誰も気付いていないのだから、黙っていたらどうだろう」という考え方がある。「七転八起」というのは、いわば「どんなに沢山失敗をしても、それ以上に立ち上がることが出来れば」という意味であり、実際に七回「転ん」だ人間が、七回目で立ち上がり、「後の一回はどうなっているんだ」と文句をつける場合というのは、ほとんど考えられない。つまり、実害はないのである。

「しかし」と、私は考える。今のところ私しかこの点について気付いていないから、私さえ口をつぐんでいれば、問題は生じない。ただ、私が気付いた以上、私ほどこのようなことをせんさくする人間は多くないにせよ、いつか誰かが気付くことは充分に予想出来る。しかもそれが、我が国の四字熟語に詳しい外国人であった場合、どうなるであろうか。

「日本人は、こんなに単純な算数も出来ないのか」と、言われかねない。

というわけで、やはり我々はこの「一回多すぎる起き」について、何とか辻褄《つじつま》を合わせておく必要があるだろう。「一回多いよ」と手柄顔に言い立てるものに対して、「馬鹿だな、それはこういうわけだよ」と、軽くいなすことが出来る。

「起きなくちゃ転べないんだから、最初は起きることからはじめたらどうなんだろう」

という案がある。確かに、生まれたばかりの時は横になっているのであるから、我々の人生は「起き」ることからはじまるのであり、ここに最初の「起き」を持ってくれば、余ることはない。しかし、これなら「八起七転」となって、数えれば確かに立ち上がることになるが、文字面から見ると、「転ん」だままのような印象を残す。

「起きる」には、「立ち上がる」という意味と、「目覚める」という意味がある。この点に着目し、七回の「起き」を「立ち上がる」という意味にとり、残り一回の「起き」を「目覚める」という意味にとったらどうであろう。つまり七回目に「立ち上がっ」たら、再びそれをくり返さないよう「目覚める」のである。実にありきたりの考え方であるが、何とか通用しそうではないか。「ななころびななおきひとめざめ」である。

天変地異

「天変地異」のいいところは、「これはもうしょうがない」と、あきらめがつく点であった。うっかりして財布を落としてしまった場合は、大いに悔やむに足るが、大洪水で家が流されてしまった場合は、損害はその方がはるかに大きいにもかかわらず、悔やんでもしょうがないということがあり、事実あきらめがつくのである。

女房に逃げられた男をその友人が、「天変地異だと思って」と、なぐさめたという話がある。「他の男と手に手を取って」ということになれば、何とも腹の虫がおさまらないとしても、「風に吹きとばされた」ということになれば、あきらめもつこうというわけである。ということで「天変地異」は、不幸をやりすごす「おまじない」として、なかなか有効だったのであるが、実はここへきて少しばかり、事情が変わってきたのである。

たとえば最近の「異常気象」の例を見ても、かつては「神さまの気まぐれ」とされていたものが、どうやら「地球温暖化」に関係し、しかもその元凶は我々自身の経済活動によるもの、と言われはじめているからである。「泥棒を、捕えてみれば我が子なり」というところであろうか。

これでは、「天変地異のようなものだから」と言われても、何の救いにもならない。それをそうさせているのが我々自身だとすれば、これは「お前のせいだ」と言われているようなものだからである。「因果はめぐる」という奴で、その上このめぐりのスケールがとてつもなく大きいから、自分ひとりが反省して、車に乗るのをやめ排気ガスの排出量を減らすぐらいのことでは、どうしようもない。自分自身のせいでありながら、自分自身ではどうしようもないという絶望的な関係が、我々と「天変地異」との間に、形造られつつあるということだ。

と、同時に、もうひとつ問題がある。「カタルシス」というのは、原意は「下剤」のことであるが、「浄化作用」の意に用いられ、太古アリストテレスが、「人々が悲劇の演じられる劇場に足を運び、まさしく悲劇的な出来事を鑑賞すべくそそのかされるのは、それによってカタルシスがもたらされるからである」と言った言葉によって、有名である。

つまり、「悲劇」には人々を「浄化」する作用があり、だからこそ人々は、ソフォクレスの「オイディプス王」を観るべく、劇場に足を運んだのであるが、「天変地異」にも、かつてはこれがあった。「天変地異」は、劇場に足を運ぶまでもなく、従って入場料を払うまでもなく、万人に、直接的に「悲劇」を体験させてくれたのであり、そうすることによって人々を、「浄化」してくれていたのである。

しかしこのためには、「天変地異」というものが、人知のはかり知れない方面より襲来する、途方もない力によるものでなければならない。それでこそ、たとえ多大な損害を受けたとしても、「浄化」の感触が得られるのである。それが、我々の成した何気ない行為の積み重ねによる、物理的な結果に過ぎないと知ったら、「浄化」どころか、むしろ「汚染」されたような気分になるだろう。

というわけで、このところ「天変地異」に人気がなくなったのは、そのせいであろうと言われている。かつては、「天変地異」願望というものが確かにあり、時代が閉塞感に囚われはじめた時、「どうだい、このあたりででっかい台風でも、どかんと一発やってきてくれないかな」と、市民レベルでもそうした衝動に駆られたものだが、ここへきてはそれも、めっきりなくなったのだ。

ただし、一方で「恐竜の滅びたのは、地球に巨大隕石の衝突したせいだ」という話が、そこここで広められつつあるのを、多くの人々が気付いている。「同様の隕石が、間もなく地球を襲う可能性がある」ということまで、まことしやかにささやかれているのである。これが何を意味するのかは、言うまでもないであろう。

これまでの「天変地異」は、おおむね「異常気象」に関するものであり、例の「ノアの方舟《はこぶね》」によって知られる「洪水伝説」がその典型であったから、それを払拭し、はるかに途方もない「天変地異」のイメージを、そのようにして創り出そうとしているのである。

確かに、宇宙のどこで生み出されるかわからない巨大隕石が、やみくもに飛んできて地球にぶつかり、かつて地上を我が物顔に横行していた恐竜たちを全滅させたとすれば、人力の遠く及ばない「天変地異」ということになるから、もしそれがやってくるということになれば、「洪水」ごときでは「浄化」を感じなくなった我々も、いくらかさっぱりするだろうというわけである。

このようにして「天変地異」のイメージは、それによって「浄化」されようとする場合は、時代によって少しずつ、塗り変えられなければならないもののようである。そして現在は、「洪水伝説」による「天変地異」の時代は終わり、「巨大隕石伝説」による「天変地異」の時代に、変わろうとしている時期と言っていいだろう。

もちろん、油断は出来ない。「洪水」というものが、必ずしも「神の怒り」ではなく、我々自身の不手際とされたように、間もなく「巨大隕石の襲来」だって、「超越的な力の作用」ではなく、かつては「恐竜たちの不手際」であり、次回のものもそれと同様、我々自身の不手際にされてしまうかもしれないからである。そうなれば我々は、またひとつ「天変地異」のイメージを、新たなものに創り変えなければならなくなる。

いっそのこと、「悲劇」によって「浄化」されるという、人間性そのものをどうにかした方がいいのではないかとも考えられるが、もちろんこれも、難しいことであろう。「喜劇」によって「浄化」されるのも考えものである。

一病息災

「健康ブーム」だそうである。健康がブームというのはおかしいから、正しくは「健康法ブーム」というところであろう。あらゆるメディアが、「なりそうな病気」についての口やかましくわめきたて、同時に、「それについての予防法」について、これまた口やかましくわめきたてている。

「みんなが健康に気をつけることになるんだから、結構なことじゃないか」という意見もあるが、「病いは気から」という言葉もあるように、何でもないものがこれによって病気になる例も、ないとは言えない。少なくともこれだけブームになると、それらにいちいちおつきあいするだけでも大変で、ちょっとしたノイローゼになりそうである。

しかも、「健康法」というのは情報として極めて特異な傾向を持ち、常に積極的に他へ伝達されたがる。つまり、ひとりがどこかでもれ聞いてきた情報は直ちに、「君、これを知ってるかい」と他に伝えたくなるのであり、その上「とてもいいから、君もやってみろよ」と、その実行を押しつけてくるのである。更には、ちょっと間を置いて「あれ、はじめてるかい」と、念を押してくる。

「徳は孤ならず」と言われているが、「健康法」は「徳」以上に、「孤」であることを許さない。「本当にいいことは、自分ひとりのものにして他に教えるはずがないからね。しきりに人に教えたがるのは、人にもやらせてみて効果を確かめようとしているんだよ」というう、うがった見方もあるが、「毎朝自分の小便を飲む」などという「健康法」については、それもあるかもしれない。

何はともあれ、我が国は依然として長寿世界一の座を維持しつつあるそうであるから、この「健康法ブーム」は成功しつつあると言っていいのだろう。しかしその内実を考えると、必ずしも手放しで喜んではいられないような気もする。このブームそれ自体が、「健康に対する憧れ」というよりは、「不健康に対する不安」に支えられているとしか、思えないからである。

「同じことじゃないか」と思われがちであるが、実はそうではない。衝動の本質が「健康に対する憧れ」であったら、「まあ、これくらいなら」という限度を感じとれるが、「不健康に対する不安」だと、とどまるところを知らない。健康を通りこして、「過剰健康」ということにもなりかねない、というわけであり、どうやら我が国の長寿世界一というのは、それによるものではないかと考えられるのである。

ということで、今回のテーマである「一病息災」に入るわけであるが、言うまでもなくこれは、「無病息災」からの発展形である。つまり、かつては「無病息災」という言葉しかなかったのであるが、もしかしたらその当時にも「健康ブーム」らしきものがあり、人々が今日のような「健康ブーム」に陥って、「過剰健康」に突っ走りはじめ、思い余った智恵者が「人は病気のひとつくらいあった方が、むしろ普通なんだよ」という意味で、これを「一病息災」としたに違いないのだ。

もちろん今日この言葉は、健康な人間が病気持ちの人間をなぐさめるために使われており、いわば「同情の変形」のようなニュアンスがあるのだが、本来の意味はそうではなく、「人は中年になったら、持病がひとつぁった方がいい」と、「一病」を持つことに積極的な意味をこめていたのである。現に私は、「そう言われているんだが、生憎私には持病らしきものがひとつもなくてね」と、真剣に悩んでいる人を知っている。

「一病」を持つことによって人は、それが「二病」となり、ひいては「致死の病い」となることを用心するのであり、人間というものは本来、健康というものをそのあたりのバランスで維持しているのがいい、というわけである。「無病」となると、そうはいかない。「病気」に対する免疫が出来ていないから、それへの「恐怖」はとめどもないものとなり、勢い「健康法」も過激になり、手のつけられない「健康お化け」を作りあげてしまいかねないのだ。

というわけで、「一病息災」というのは今日の「健康ブーム」の中で、大いに学ぶべき教訓となりつつあるわけであるが、問題は、この「一病」を何にすべきか、ということになるだろう。言うまでもなく、「癌」や「エイズ」など、その進行をとどめる手段がまだ医学になく、もたらされる死への過程が、いたずらに早いものはいけない。「一病」ではあっても、とうてい「息災」とは言えないからである。

とは言っても、「盲腸」や「歯痛」のように、医者が手軽に治してしまうものではいけないし、「インフルエンザ」や「切り傷」のような、症状が一過性のものであっても役に立たない。

こう考えてみると、「息災」のための「一病」を何にするかということは、かなり難しいということがよくわかるのだが、何もないわけではない。「腰痛」というのがひとつ考えられる。若いうちのそれは、整骨をしてコルセットをつけ、暫く不自由を我慢すれば治ってしまうことになるが、中年を過ぎてからのそれは、そうはいかない。

「骨を治しても、筋肉をそれにあわせて整えなければ元に戻るし、中年になるとコルセットをつけても筋肉を整えることは出来ない」と言われて、「腰痛」を我慢して生きるしかない、と宣告されるのである。「治せないし、従って持続性がある」ということで、今のところ「一病」の第一候補にあげていいものであろう。その他、「痔がいいよ」と言うものもいる。これも、種類によってはなかなか治らないし、「一病」としての条件は備えている。しかし、「あれには、ロマンチシズムがない」と言って嫌うむきもある。そんなものなくてもいいのだが……。

巧言令色

「言葉が巧みで、愛想がいい」という意味であるから、セールスマンなどには向いている資質であるが、ほめたつもりでそう言うのはやめた方がいい。「巧言令色、すくなし仁」という言い方があるように、それは「口先だけの言葉であり、うわべだけの愛想である」ことを言う、むしろおとしめた言葉だからである。

もちろん、こんなことをわざわざ言わなければならないについては、理由がある。というのは今日我々は、そうしたことをわかっていながら「巧言令色」が、必ずしも嫌いではなくなりつつあるからである。少なくとも新幹線で三時間、東京から大阪まで隣り合って座ることになるとすれば、「剛毅木訥《ごうきぼくとつ》」よりは「巧言令色」の方が気詰まりでない。全くの他人ならいざ知らず、半ば知ってるもの同士だとなおさらである。

「巧言令色」は、その傾向が進行するに従って、前述したように「仁」が少なくなり、従ってその資質を応用する職業も、セールスマンから詐欺師へと進化するのであるが、この詐欺師ですら、決して嫌われてはいない。それが詐欺だとはっきりわかった時点でも、「でもあの人は、悪い人じゃなかった」と言う人々は多いのだ。

これだけ度々詐欺がくり返され、「甘い話には毒があるよ」ということを、何度も聞かされながらひっかかるものがいるのは、「巧言令色」そのものが好きなせいだとしか思えない。つまり人々は、それが「巧言令色」だとわかっていながら、それを楽しむために金を払っているのである。

かつて、「豊田商事事件」というのがあり、多くのひとり住まいの老人宅に詐欺師たちが入りこみ、金取引と称して紙切れを売りつけていった話は有名である。しかし、「何故そんな馬鹿な話にひっかかったんです」という質問に対して、「でも、あの人たち以外に私たちに話しかけてくれる人は、誰もいなかったからね」と言ったひとりの老人の話は、もっと有名である。「巧言令色」は、好かれているだけではない、一部には、それに飢えてるものもいるのである。

というわけで、我々と「巧言令色」との関係は、ほぼわかりあえたと思われるが、ここで思いがけない出来事が発生した。例の「松阪牛と銘打って販売していいのは、松阪牛だけである」という通達である。松阪牛だけではない。それ以前には確か、「鹿児島黒豚と銘打って販売していいのは、鹿児島黒豚だけである」という意味のものもあった。

「えっ」と、多くの「巧言令色」を好む消費者たちがのけぞったであろうことは、想像に難くない。「それじゃ私たちは、今後どうやって、松阪牛とそうでない牛を見分けたらいいいんです」というわけである。もちろん、このあたりのことについては、少しばかり説明が必要だろう。

それら多くの消費者たちは、これまで「松阪牛」と銘打って販売しているものが、必ずしも「松阪牛」ではないことを、よく知っていたのである。従って、「松阪牛」ではないかもしれないとの前提に立ってその真贋《しんがん》を確かめていたのだが、今後は、「松阪牛」と銘打ってある以上「松阪牛」以外の何ものでもないのだから、「疑うのをやめろ」と言われたのであり、「じゃあ、どうすればいいんだ」ということになった、と考えてもらえばよくわかるだろう。

この種の事柄が、「巧言令色」に類するものであることを、我々はよく知っている。従って、「松阪牛と銘打って販売していいのは、松阪牛だけです」とするよりは、「松阪牛と銘打って販売しているものの中に、本当の松阪牛もあります」とした方が、消費者に選択の余地も与え、実情に即したやり方と言えよう。当然この考え方の中からは、例の「元祖・松阪牛」「本家・松阪牛」「正真正銘・松阪牛」など、かねてより我が国に伝わる「巧言令色」合戦がはじまると思われるが、消費者は恐らくその方を喜び、同時に消費者として賢くなってゆくだろう。

このところとみに、こうした商品表示についてうるさく、また詐欺事件についても、「甘言を弄《ろう》して」などと、悪しざまに言う風が目立つが、社会正義の観点に立てばもっともなことだと思うものの、一方で「巧言令色に仁を求める」という、矛盾を冒しているようにに思えてならない。「巧言令色、すくなし仁」ということを自明の理として、むしろそれを楽しむ余裕も、あっていいような気がする。詐欺の中には、同情するというよりは、「だまされた方が悪い」とするものも、決して少なくはないのである。

いわゆる「情報化社会」というのは、一種の「巧言令色」社会と言ってもいい。情報もまた、耳に快く、なめらかに伝わることを可とするものだからである。かつては「沈黙は金」などという言い方もあり、むやみにしゃべるのは軽薄さの証し、みたいに言われていたのだが、今日ではそれが逆転し、「デートの間中、アーとか、ウーとかしか言わないのよ」ということになれば、ほとんど社会的に抹殺されかねない。

ということから考えれば、こうした事態に苛立ち、「巧言令色」に「仁」を求めようとするよりは、むしろ「巧言令色」とはされていない言葉をも、敢えて「巧言令色」と見なして対処することの方が実情にふさわしいような気がする。つまりコマーシャルや、詐欺師の言葉だけではなく、政治家や弁護士や評論家やテレビ・タレントや、医者や校長先生の言葉まで、それとして扱ってしまうのである。

もしかしたらそうすることによってしか、この「情報化社会」という奇妙な状況は、乗り切れないのではないかと考えている。何も彼もが「巧言令色」だと考えてしまうと、意外に楽しくなるのだ。

温故知新

和文に直すと、「古きをたずねて、新しきを知る」となる。たとえば若い考古学生がわからずやの親父に「そんな古いことばかり調べて、何になるんだ」と聞かれた時、言いわけとして使うのに便利であるとして、多用されてきた。「だって、昔から温故知新と言われてるじゃないですか」というわけである。

しかし過日、或る考古学者が本来埋まっていないはずの石器を、あらかじめ埋めておいてから掘り出してみせるという事件を起こして以来、「どうも使い難くなった」と言われている。その本来の意味ではなく、「古いものかと思って掘り出してみたら、実は新しく埋めたものだった、という意味にとられかねない」からだそうである。確かにこの言葉は、そのようにも読める。

しかし「あの事件によって、むしろ温故知新の意味が深まったよ」という考え方もある。実はくだんの考古学者は、当の地層が従来言われていたよりも、はるかに古いものであることを証明することにより、その周辺の街の人々を鼓舞することになることを知って、そうしたらしいふしがあり、「その点が、如何にも現代的じゃないか」と言うのである。言われてみれば我々も、この事件が起きるまでは、考古学的発見がいわゆる「街おこし」になることは知らなかったから、あらためて考古学というものの現代性を、見直したと言えなくもない。

ともかく、考古学者がこの種の事件を起こした例は、我が国だけでなくかねてより世界各地で報告されており、それぞれ学問的にはスキャンダルとなっているものの、我々の徒《いたず》らな好奇心をあおり立て、もしかしたら考古学という学問の、宣伝にはなっているのではないかとすら思われる。思うにこれらの考古学者たちは、前述した考え方に基づいて言えば、「温故」よりも「知新」を、先行させてしまったのであろう。

言うまでもなく、本来「温故知新」というのは、「古きをたずねることが、自ずから新しきを知ることである」ということであり、それとこれとを同列に扱っているのであるが、多くの考古学者が、「古きをたずねることによって、そのまま古さの中に取り残されてしまうのではないか」という不安を抱いてしまったとしても、あながち非難は出来ないような気がする。或る考古学者が太古の遺物を掘り出したところ、それに寄りそうように新しい人骨が見つかり、それが前時代の考古学者だった、という例がある。

つまり、このような不安に駆られた考古学者が、「古きをたずねているように見えて、実は……」と、「新しき」へ向けての大逆転を策し、そのメリハリをつけるべく、思わずトリックを用いてしまうのであろう。学者としての資質はともかく、人間的にはよく理解出来るのであり、おつきあいをして楽しい人、と言えるであろう。「思いがけないほど古い考古学的遺跡」として「街おこし」を図ってきた市町村も、こうしたスキャンダルによって意気消沈するのでなく、「あの考古学的スキャンダルの地」として、新たな売り方をしたらどうであろうか。

ともかく、必ずしもこうした事件があったからではないものの、ここへきて「温故知新」という言葉が、言葉通りに通用しなくなってきつつある。「温故」がそのまま「知新」であるということに、不安が生じつつあるのであり、「おい、大丈夫かよ」と、古いものにかかわる度に、振り返ってみたくなるのである。「いっそのこと」と、何人かの考古学者が言いはじめている。「分業にしてしまったらどうだろうか」と。

つまり、「温故」がそのまま「知新」であることが信じられない以上、「温故」を専門とする考古学者以外に、もうひとり「知新」の専門家を置き、常に共同作業をしたらどうか、というわけである。たとえば、前述した太古の遺物に寄りそうように埋もれていた考古学者の場合も、「知新」の専門家がかたわらにいて、「おい、それ以上掘ると穴の中に埋もれてしまうぞ」と注意してくれるから、その場に見捨てられることはないという道理である。

「街おこし」につながる発掘の場合だって、「知新」の方の専門家がその点については押さえていてくれるから、「温故」である考古学者の方は、そこから何が出てこようと、はたまた何も出てこなかろうと、ただひたすら掘っていればいい。学問的純粋さを保てるというわけである。どうしてもトリックを施さなくてはいけなくなったとしても、「知新」の方がそれをやり、恐らくは「温故」の専門家より手馴れているに違いないから、もしかしたらバレずに済むかもしれないし、たとえバレたとしても、「知新」の方が勝手にやったことだからと、「温故」の方はそ知らぬ顔をしていることが出来る。

いいことずくめの案のように思えるが、当然ながらそうなると、「温故知新」という我々の馴れ親しんだ四字熟語は、意味をなさなくなる。「温故温故」「知新知新」となり、

「古きをたずねるものは古きをたずね」「新しきを知るものは新しきを知る」という、これはまたこれで味わい深い四字熟語は生まれるかもしれないものの、古くからの「温故知新」ファン（四字熟語にはそれぞれのファンがついている）は、「冗談じゃないよ」と言いだすかもしれない。

「温故知新」という言葉の魅力は、「温故」と言い、「知新」と言う全く正反対の方向性を持つ言葉を、「同じことである」と言い切って見せる思いがけなさにある。だからこそ現実には、あらぬ混乱をまき起こしてしまいがちなのであるが、もしかしたらこれは、理論上のことにして、現実には応用出来ないとするべきなのかもしれない。もちろんこの場合、若い考古学者がその父親に、冒頭のように聞かれた時、「どう答えればいいんだ」という問題は残るが……。

天地無用

「天地無用」と書かれたダンボールの箱などがやってくると、一瞬後ずさりをしたくなるような気分に襲われる。何よりも「天地」という言い方が大げさであるし、また、似たようなものに「天下御免」という言葉があり、かつて人々を後ずさりさせるべく使われていたから、それと混同してしまうせいかもしれない。

言うまでもなくこれは、「天を地とすること無用」——つまり、「さかさにしてはならない」ということであるから、通常なら「上下無用」としてもいいところである。しかし、それを敢えて「天地」としたのは何故だろうか。もちろん、物事をすべて大げさに言い立てる人間というものはどこにでもいるから、その種の人間が言い出したのであろうとも考えられるが、それだけではない。

たとえば、「上下無用」としてあるものを間違えてさかさにしてしまった場合、それは「失敗」なのであり、従ってそれによって損なわれたものは賠償すれば足りるが、「天地無用」としてあるものを間違えてさかさにしてしまった場合は、単なる「失敗」ではなく「罪悪」なのであり、当然、それによって損なわれたものは賠償するだけでは足らず、その上に「天罰」をも覚悟しなければならないというニュアンスがある。

ということから考えると、かつては仏像など、さかさにしては「恐れおおい」ものを梱包して送る場合、「天地無用」としたのであろうことが想像出来る。今日では、精密機械などの壊れ物、その他さかさにしては機能上困るものすべてに「天地無用」をつけているが、それはこの意味からすれば、明らかに誇大表示と言えよう。「天罰が下るとは何事か」と――別にことあらためてそう言っているわけではないが――怒ってしかるべきなのである。

それともうひとつ。「上下無用」というのは、明らかにその取り扱い者たちに対する「注意書き」と考えられるが、「天地無用」というのは、どちらかと言えば「どうかさかさになりませんように」と、取り扱い者たちよりもっと上位の、たとえば神のような存在に対して、祈っているおもむきがある。言ってみればこれは、「注意書き」というより「護符」なのであろう。

もちろん、本当にさかさにして欲しくないからこそこういうことをしたのであり、さかさにする可能性が高いのは取り扱い者たちなのであるから、この言葉が使われはじめた当時にあっては、「注意書き」よりも「護符」の方が、取り扱い者たちを緊張させ得ると、信じられていたのに違いない。従って、もしかしたら今日においては、「誰に向かって、何を言ってるんだい」ということになり、むしろ逆効果にもなりかねないのである。

ところで、「上下無用」という場合の「上」は、そのものの上部のことであり、「下」はそのものの下部のことであるとされるが、「天地無用」の場合の「天」は、そのものの上部というより、「天」への方向のことであり、「地」もまた、そのものの下部というよりは、「地」への方向のことであると考えられがちである。つまり、「天地無用」と言われると、ひとまずそのものはさて置き、「天」への方向と「地」への方向について関心を向け、「そのそれぞれの方向を逆にしてはいけない、とはどういうことだろうか」と考えてしまうのである。

しかし、これもまた「天地無用」という言葉の、ねらいのひとつと言ってしかるべきものであろう。「上下無用」の場合は、その局部的状況におけるそのものの取り扱い方について言っただけのものであるが、「天地無用」の場合は、少なくとも「天地の間」と言ってしかるべき垂直軸について思いを至し、そこにそれが在る秩序ということを考えざるを得ないであろうからである。「さかさにしてはならない」という手続き上の問題は、その次にもたらされるものになるが、その時には既にそれら取り扱い者たちは、「天地の間にあるそのもののありよう」についての形而上学を学んでいるに違いない。勢いその「さかさにしない」手続きにおいても、厳重にならざるを得ないであろうというわけである。

かくのごとく、「上下無用」は単なる処理手続きの問題であるが、「天地無用」には形而上学がある。すべてのものは、垂直軸に従って整えられるのであり、それをゆるがせにすることによって、混乱がはじまるというそれである。

このことを我々は、横になって肘枕をしながらテレビを見ている時によく経験する。誰かが誰かと結婚したとか、離婚したという話の時はそのままでもいいが、どこかで大事件があり、特にそれが我々の身に及びそうなものとなると、そうはいかない。「おい、何だって」と言いながら我々は身を起こし、自らを垂直軸に立て直してそれに対応しようとするのである。

考えてみれば奇妙なことには違いない。テレビのブラウン管から伝達されるものは、我々が横になっていようと、縦になっていようと変わるものではないからである。しかし、にもかかわらず縦にならなければ、我々はその情報を自らの内に、秩序正しく納められないと考えてしまうのである。この奇妙と言えば奇妙な衝動に、「天地無用」という言葉は暗に働きかける。もう少しわかりやすい言葉で言えば、「おい、重大局面だぞ、シャンとしろ」ということになるかもしれない。

「上下無用」の方がわかりやすく、意味も正しく伝わるであろうと思えるにもかかわらず、依然として「天地無用」が使われているのは、こうしたことがあるからであろう。前述したように、ひとまず大げさであるからドキリとしないでもないが、それもまたこうしたのっぺりした現実から目を覚ますために、いいのかもしれない。

右往左往

似たような言葉に「東奔西走」というのがある。同様に「忙しく動きまわる」という意味であるが、並べてみると後者の方が行動半径が大きそうであり、そしてまた、役に立つ働きをしているような気がする。つまり「右往左往」の方が、せまいところを無駄に動いているような感じなのである。

「やたら右往左往するんじゃない」と、こちらはともすれば否定的に、「東奔西走して、何とかこれだけ金を集めてきたよ」と、こちらの方はどちらかと言うと肯定的に使われるのを見ても、それはうなずけよう。言ってみれば、「右往左往」はしたくないが、「東奔西走」なら、してみてもいいのである。

ところで今日、「先の見えない時代」と言われはじめて既に久しい。しかも、事態は極めて流動的であるから、「じっとしている」わけにはいかない。油断をしていると、いつの間にかいわゆる「窓際」へ、追いやられているかもしれないからである。

というわけで、勢い「パソコンを習わなければいけない」とか、「英会話も身につけた方がいい」とか、「右往左往」をやむなくされ、同時にそうしている自分自身に気付いて、暗然とさせられたりするのである。これではいけない。

ところで、同じようにふるまうにしても、「ちょっと駅前のパソコン教室に」と言うよりは、「ちょっと関西支店まで金策に」と言った方が、それが如何に「当てのない」ものだったとしても、「東奔西走」のニュアンスで確かめられ、「右往左往」にまつわるいじけた気分は払拭される。見送るものに、「ああ、やってるんだな」と思わせることも、出来るというわけである。

要は、「行って帰る」ための距離の大きさである。小さければ「右往左往」になり、大きければ「東奔西走」になるのであるから、これは大きければ大きいほどいい。もちろん本来なら、それによってもたらされる効果について問題にしなければならないのであるが、この点については前述したように、「先の見えない時代」であるから、「天のみぞ知る」ということで、我々ごときがあれこれ思い悩むべきことではない。むしろ、それが「右往左往」であった時、「無駄に動いている」という気分に襲われ、「東奔西走」であった時、「役に立っている」という気分にひたることが出来るという、その「気分」の方を重視すべきであろう。

「右往左往より東奔西走を」「同じ動くのなら、大きく行って帰れ」という教訓は、このような考え方に基づくものなのである。従って、金策のために関西支店に派遣されることがなく、やむなくパソコン教室や英会話教室へ通わなければいけない場合も、もよりの駅前や近所のビルにあるそれらを選ぶのではなく、少なくとも他県にあるそれらを選ぶようにすることが、何はともあれ肝要なことと言えよう。「行ってくるよ」と席を立った時の、勢いが違ってくるからである。

この「勢い」のことを、専門用語では「さっそう度」と言うが、同じ「右往左往」となるべきふるまいを、「さっそう度」を高めることによって「東奔西走」に昇格させようとするのであり、それがそのそれぞれの距離を遠ざけることによって可能になる、というわけだ。ただし、問題は交通費である。

「せっかく近所に同じ教室があるのに」という思いが、この交通費の問題で現実味を伴い、「行ってくるよ」と席を立つ度にげんなりするようでは、「さっそう度」を高めることなど及びもつかないし、むしろ逆効果と言えよう。しかし、そう考えてここでやめてしまったら、我々は一生「右往左往」状態から脱け出すことは覚束《おぼつか》ない。

見方を変えることである。経済の活性化は、人と物の移動の、如何に大きく頻繁に行われるかによって促されると言われている。つまり我々が動けば動くほど、それも大きく動けば動くほど、確かに当初はこちらからの一方的な交通費の持ち出しになるかもしれないが、ゆくゆくはそれが、世界全体の経済を活性化させることにつながるのであり、もしかしたらそのうちに、「行ってくるよ」と言って席を立ったとたん、上司にとめられ、「忙しいところすまないが、ちょっと関西支店へ行ってくれないか」ということにもなりかねない。

しかも、小刻みにあちらこちらをうろうろと動きまわるよりは、大きく動いて大きく帰ってくる方が、見聞も広められるし、体も鍛えられるし、精神衛生にもいい。途中でお金を拾うことだって、ないわけではないのである。更にはそうすることによって、世の中を見る場合の遠近法が変わり、同じ「先の見えない時代」にあっても、もう少しゆとりを持ってそれを確かめる術を身につけることが出来るようになるだろう。

それでなくとも今日、「情報化社会」と呼ばれてその種の機器が発達したせいであろう、動きまわるということが少なくなったのである。どこかにじっと座っていて、パソコンに向き合っていれば、流動する世界のまっただ中に入りこんでいると思いこんでしまいがちなのであるが、これは錯覚以外の何ものでもない。我々は世界に参加していると思っているが、世界の方は我々が参加しているとは思っていないからである。

何はともあれ、我々自身が立ち上がって、出掛けて行かなければいけないのであり、せめて「右往左往」し、出来れば「東奔西走」したいものだ、というわけである。そうすることによってはじめて世界も、「よく来たな」と思うより、「うろうろ動きまわってうるさいな」と思うことの方が多いかもしれないものの、我々の参加を認めることになるであろうからである。もちろん、そのままどこかへ行ってしまうことも考えられるが、それはそれでいい。この世界からの立ち去り方として、悪くないではないか。

閑話休題

「閑話休題」と書いて「かんわきゅうだい」と読むのだが、これではいかにも字面そのままで、日常会話に持ちこむにはこなれがよろしくない。からかどうか夏目漱石は、これに「むだばなしはさておき」とルビを振っていた。ルビの名作と言っていいかもしれない。

こうしたことが気になるのは、とりたててどうということもない言葉でありながら、これを使いたくなる機会が意外に多いからである。たとえば何かの会合があって、メンバーが揃わないうちは無駄話をしていることが多いのであるが、それだけの人数が集まったのを見はからって座長役のものが、「さて」と言って姿勢を正す。これが、「閑話休題」である。

さすがに「閑話休題」とか「むだばなしはさておき」とか、それをそのまま使う例は少ないかもしれないものの、座長役のそうした所作の内に、我々はその言葉を念頭に置いているのである。手馴れた講師が、壇上に登っていきなり本題に入るのではなく、「枕を振る」と称して無駄話をひとくさりして、やおら「さて」と身構えることが多いのも、知っての通りである。

もしかしたら「閑話休題」は、夏目漱石によって「むだばなしはさておき」に改変され、それが今日、省略されて「さて」になっているのかもしれない。ともかく、我々の周辺で「さて」と言われる度に、「閑話休題」が使われたと考えていいだろう。

ところでこの「さて」というのは、それまで連続していた話の局面を変える、という意味である。そして、この「さて」の出自が「閑話休題」であることを考えれば、とりたててどうということのない話から、真剣に考えるべき話へ、「路線を変更する」ということである。

これが今日多用されているのは、我々の日常がとりたててどうということのない話に、満ち満ちているからにほかならない。その上我々が、ともすればそうした無駄話に、手もなく囚われ、無駄話と思わず夢中になる傾向を有しているからにほかならない。

つまり「さて」というのは、こうした状況に対する覚醒効果があるものと、考えられていた。誰かが「さて」と言ったとたん、局面が切り替わり、人々もそれまでの話が無駄話であったということに、気付くというわけである。前述した会合の座長役が、「全員が揃うまで雑談でもしてて下さい」と敢えて無駄話をそそのかし、講師がその「枕」で率先して無駄話をしてみせるのも、この「さて」の覚醒効果を、更にメリハリあるものにしようとしてのことである。

しかし、状況は変わった。それが世に言う「情報化社会」のせいなのか、「グローバリズム」のせいなのかは、よくわからない。ともかく、我々の考える「状況」というものが多様化したのであり、もしくは重層化したのであり、ひとつの局面では真剣になってしかるべき話が、切り替わった別の局面では無駄話にすぎなかったり、またその逆になったりするのである。

みんなでにぎやかに話をしている中で、ひとりがふと顔を上げて「さて」と言う。隣のものがそれを聞いて「何だい」と聞くと、そいつは「いや」と頭を振り、「何でもない」と答える。この種の場面は、多少様相は異なるにしても、誰しもが経験していることであろう。そして、このひとりに「さて」と言わしめた事情も、何となくわかるはずである。

つまりその彼は、みんなでにぎやかに話をしているその状況が、そのままそこに充足していていい状況ではないことに気付いたのである。そこで思わず「さて」と言ってしまったものの、「何だい」と聞かれてみると、切り替えて充足するに足る状況というものが、どこにもないことに気付き、「いや、何でもない」と納めざるを得なかった、というわけである。

「閑話休題」と言い、「むだばなしはさておき」と言い、「さて」と言うのは、局面を切り替えるためのスイッチの役割を果たすものであった。そしてそれは、世界がとりたててどうということのない状況と、真剣になってしかるべき状況に、二分されていた時代に有効であった。状況が多様化し、重層化し、どれがどうということのない状況で、どれが真剣になってしかるべき状況なのかわからなくなった時、これは空を切る。

では、状況がそのようなものになって、これが使われなくなったかというと、そうではない。私の観察によると、そうなってから更にこれが多用されるようになりつつあるのである。思うに、切り替えるべき局面への見通しがつかないまま、何はともあれ今ある局面を変えたいのであろう。

酸素の足りなくなった水の中の金魚が、水面に出てきて口を開けるように、「閑話休題」

と言い、「むだばなしはさておき」と言い、「さて」と言う。これは今日、局面を切り替えるための「おまじない」として使われていると言っていい。切り替えようとしても切り替わらない局面に対する、苛立ちの言葉と言ってもいい。

しかし、にもかかわらず私は、この言葉が嫌いではない。局面を切り替える力を失ったとは言え、「閑話休題」と言った時、「むだばなしはさておき」と言った時、「さて」と言った時、一瞬ではあれ「我に返る」感触を持つからである。その「返った我」を、次の瞬間に再びもて余すことになるとは言え、その瞬間は悪くない。

それにもしかしたら、何度か虚しく「閑話休題」と言い、「むだばなしはさておき」と言い、「さて」と言っているうちに、本当に新たな局面を迎えられるかもしれないではないか。もちろん、このようにくり返すことによって、ますます局面ごとの落差が失われることにもなり得るが……。

一望千里

人が高いところに登りたがるのは、そうすることによって広大な風景を一望のもとに出来るからである、と言われている。各地で建物の上部に「展望室」なるものを設けたり、自然のそれらしい場所を「見晴らし台」としたりして、それぞれ入場料を取るなどしているから、近年これには商品価値が認められつつある、と言ってもいい。

もちろん、「馬鹿と煙は高いところに登りたがる」という悪口があるように、一方でこうした傾向をおとしめる風もある。「ただ、見えるってだけのことじゃないか」と言うのである。確かに、「見える」ものが如何に広大だったとしても、それが「もらえる」わけではない。

そしてまた、かねてよりこうした「展望室」や「見晴らし台」に群がるのは、物見高い「野次馬」や「田舎者」と考えられ、そうしたものと一線を画すことにより、自らの高貴さを保とうとする人々も、決して少なくはなかったと言えよう。私の周囲には、「まだ東京タワーに登ったことがない」ことを、東京人たる誇りとしているものが、何人もいるのである。

しかし、ここへきてやや事情が変わってきた。もしかしたらそれは「情報化社会」と言われるものが更に濃度を増し、情報だけはあふれかえっていながら、むしろそのために「先が見えなくなった」という時代のせいかもしれない。もちろん、この場合の「見えなくなった先」というのは、時間的な先のことであり、高いところに登って「見えてくる」ものではないのだが、わかっていながらも苦しまぎれにそうするのだろう。最近、新たに「展望室」「見晴らし台」に登る人々が、増えてきたのである。

それも、従来のように好奇心に目を輝かせたり、やたらあちこちを見まわすものたちではない。生気を失った目をした、やつれ顔の中高年者が登ってくるのであり、肩で息をしながらそのあたりをぼんやり眺め、やがて消毒されたような顔をして降りてゆくのである。

前述したように、「見えなくなった時代の先」が、そうすることによって「見える」はずはないのであるが、にもかかわらず何事か納得させられるものがあったのであろう。

高いところへ登っての「一望千里」が、単に広大な風景を一望のもとにしたという「目の快楽」を促すだけのものではないのではないか、という考え方が出てきたのは、こうしたことがあって以来である。古代為政者が、「国見」と称して、その領内の最高所に登って領地を見納める権利を独占し、一般人がそれをすることを禁じた例があるが、これと関係があるのかもしれない。単に「目の快楽」を促すためだけのものであったら、一般人にそれを禁ずる理由は何もないと思われるからである。

ここで、やや視点を変えて、例の「高所恐怖症」について考えてみたい。高いところに登って恐怖を感ずるのは当然であるから、これを「症」とするのはどうか、という考え方もあるものの、そうではない。この場合は、そこが「高い」というだけで、「落ちる」可能性がなくとも恐怖を感ずるという点が重要なのであり、つまりここには、「重力にさからっている」という物理的な恐怖だけではなく、そこにもうひとつ得体の知れない、形而上的な不安のようなものも、作用していると思われるからである。

ともかく人は高いところに登ろうとする時、暗に「そうしてはならない」とする禁制が、そこに働いているのを感じとる。恐らくかつての為政者は、この点に留意し、それを払いのける力を自らの内に見出すべく、ひとり「国見」ということをしたのであろう。一般人にこれを許さなかったのも、「一望千里」という「目の快楽」を分け与えまいというようなケチな考え方によるのではなく、この種の禁制を払いのける力を、分け与えまいとしたのであろう。そんなことをしたら、いつ為政者にとって代わろうとするものが出てくるか、わからないからである。

ということから考えてみると、ここへきて高いところへ登っての「一望千里」願望が増えてきたのは、「一望千里」による「目の快楽」もさることながら、高所へ登ることに伴うかつての為政者の決意が、求められはじめたのだということになる。この場合の払いのけるべき禁制は、前述したように形而上的なものであるから、突破することによって一種の超越を錯覚することが出来るのかもしれない。これもまた、「時代の先を見通す」ことではないものの、混濁した現状から、錯覚ではあれ頭ひとつ、ひょいと持ち上げたような気にはなるのであろう。

「一望千里」療法と言っていいかもしれない。もちろん、ここに掲げたいくつかの条件のことを考えれば、ただどこかの「展望室」とか「見晴らし台」とか言われているところへ行って、あたりを見まわしてくるだけでは駄目だろう。少なくともそうした場所へ、エレベーターや車を使って登るのは論外である。

高いところへ登ることの禁制を、少しずつ感じとり、同時に払いのけてゆくためには、かなり傾斜のきつい階段や坂を、一歩ずつ確かめながら登る必要があるし、うるさいことを言うようであるが、登り切った時に目の前に開けるであろう広大な風景は、それを暗に予感させながら、登り切るまで見えない方が望ましい。「何となくそれらしい感じがしていて、もどかしく思いながら登り切り、ふと振り返ったらそれが目の前に広大に開けていた、というのがいい」と、この療法の専門家は言っている。

もしかしたらそのうちに、東京タワーにもその種の指導員が詰めることになるかもしれない。「そんなこと指導してもらうまでもない」という考え方もあるが、指導してもらうこともまた、効用のひとつなのである。

夜郎自大

漢字は表意文字であるから、たとえそれが中国由来の言葉であってもそれぞれの文字の意味するものを汲みとれば、何とか解読出来るものと思われているが、時にそうでないものがある。「夜郎自大」も、そのひとつと言えよう。

実は私は、この「夜郎」を「夜の野郎」——つまり、夜の街をうろつくチンピラと考え、それがやたらといばりちらす様を想像していたのだが、過日この出典を知ることとなり、誤りに気がついた。本来は漢の時代、その奥地に「夜郎」という未開の小国があり、それがやってきた漢の使者に、あたかも対等の国であるが如くふるまった、ということから出来た言葉らしい。

もちろん、「夜のチンピラ」説を採っても、「未開の小国」説を採っても、意味するところはほぼ同じであるから、誤解は誤解のまま通用させて日常業務にさしつかえることはないものの、正しい方を知ってしまうと、その応用の仕方が少し違ってくるかもしれない。一方は人と人との関係であり、他方は国と国との関係であるから、少なくともそのスケールにはかなりの差があると見るべきであろう。

「夜郎自大」について、このようなことを敢えてあげつらったのはほかでもない、今日の「米国」と「イラク」との確執の中に、この種のいきさつが隠されていると考えたからである。「夜のチンピラ」説に基づいて、イラクのサダム・フセインをチンピラ、米国のジョージ・ブッシュを酔客になぞらえ、前者が後者にからむ図を思い浮かべるのは、いささか通俗的に過ぎるとしても、「未開の小国」説に基づき、イラクを「夜郎」国、米国を漢に見立てれば、この言葉通りのことが行われつつあるような気がしないだろうか。つまり、「イラク自大」である。

ただし、私は中国史を知らないし、この言葉の出典を記した辞典にもそこまで書いてなかったから断定は出来ないものの、当時このことに憤慨した漢が、「夜郎」国を攻め滅ぼしたということはなかったであろう。せいぜい「そういう国があるよ」と言って、笑って済ませたに違いない。ということから考えると、かつての漢に比較して今日の米国の、いわゆる「大人気のなさ」が感じられてならない。

「夜のチンピラ」や「未開の小国」が、虚勢を張って空いばりするのは、確かにそれ自体迷惑な場合もないではないが、一方彼等にはそうしなければこの世界と対等につきあっていけないという事情があり、そのことが理解出来れば、この「自大」は、むしろ愛嬌に見えてくるはずである。「あの、馬鹿」と言って笑ったとしても、それは一方的に突き放した嘲笑というより、その心情をおもんばかっての「からかい」程度のものと思われる。「夜郎自大」という言い方の中には、明らかにそうしたニュアンスがこめられていると言っていいだろう。

今日の米国によるイラク攻撃に対する、どうしようもない違和感は、そのあたりにあるのではないだろうか。「あの、馬鹿」と言って笑って済ますべきところで、いきなり強権を発動させてしまっている感じなのである。これでは、「夜郎自大」という言葉の、そのために造り出され、そのように通用させられてきた智恵が泣く。

もちろんこうしたことは、国と国との争いに限らず、我々の日常生活においても決して少なくはない。「夜郎自大」になりがちなのは、おおむね体制からの「はぐれもの」であり、社会的な「弱者」であるのだが、我々自身の中にそうした存在をそうした存在として、「遊ばせておく」余裕が、失われつつあるのかもしれない。そのふるまいというより、その存在自体に苛立ち、強権をもってそれを排除する衝動に、駆られがちなのである。せめてそのふるまいの、目に余る部分のみを取り締まり、存在そのものは放任するゆとりが出来たら、体制であり社会であるものから我々自身が感じとるプレッシャーも、かなりなごまされると思うのである。

かつて学生劇団では、「役者になるための修業」と称して、街頭に出て「ものごい」の真似をするということをした。いわば乞食であるから、通行人にからむというわけではない。何ならうつむいてじっとしていればいいということで、何ものかに「向かってゆく」感じこそなかったものの、これも一種の「夜郎自大」を自ら任ずるためのものだったと、私は考える。いわば自分自身を「小国」におとしめ、その上で他と対等であるかの如くのさばってみせようということだったからである。

「下らない」からということで、間もなくこうした風は廃れたようであるが、一時期とは言えこうした修業が考え出されたのは、「自己を表現する」という精神の根幹に、「夜郎自大」に共通するものを、感じとっていたからにほかならない。つまり自己を表現しようとするものは、その一方で「これは虚勢にすぎない」とか、「空いばり以外の何ものでもない」という、或る罰則をあらかじめ自らに科さなければいけない、と考えていたのである。

「歌舞伎」の語源になったものとして、「かぶく」という言葉がある。これは、異様な扮装をして、奇矯なふるまいをし、人目を引くことを言うのであるが、これこそ「夜郎自大」の、最も純化された形態と言っていいであろう。ということからすると、「夜郎自大」というのは芸能の原点なのであり、社会における芸能の重要性という観点からしても、必要欠くべからざるもの、と言って言えなくもない。少なくとも「夜郎自大」であらざるを得ない人間の、内奥について思いやることが重要であろう。もちろん今日、歌舞伎に限らず役者はアーティストとして社会的に認知されたから、「かぶく」必要もなくなったのだが……。

不老長寿

「不老」についてはともかく、「長寿」については少しばかり問題が生じつつあるようである。我が国の平均寿命は、男女共依然として世界一のようであるが、ここへきて厚生労働省の発表するこの数字を、各報道機関ともさほどもてはやすことがなくなったのにお気付きであろうか。

どうも、いやな予感がするのである。ひとつには、我が国の高い平均寿命が、他の平均寿命の低い国を圧迫することによって成立しているのではないか、という気がするのと、もうひとつは、我が国において「長生き」をするということが、必ずしも幸せではないと人々が考えはじめたような気がするのであろう。現に、「長寿」である人々に対しても、羨望というよりはむしろ、同情のようなものを向けがちである。

アンケートをとってみたわけではないから、公式見解とするわけにはいかないが、老年期にさしかかった人々を集めて、「長生きしたいですか」それとも「突然ポックリ逝きたいですか」と質問したら、圧倒的に後者を選択する人が多いであろうと思われる。つまり、今日の理想は、「不老長寿」ではなくて「不老突然死」なのである。

そして、もしそうだとすればこれは、かなり重要なことと言えるであろう。つまり「不老長寿」という、人類がこれまで疑うことなく「そうありたい」と願ってきたことが、ここへきて大きく様変わりしつつあることになるからである。

「もしかしたら」と多くの人々が言いはじめている。「人類は近代に入って、科学技術や医学の進歩により、本来あり得てしかるべき年齢より、長く生きはじめたのではないだろうか」と。そしてその余分の生命を「もて余しはじめたのではないだろうか」と。

もちろん、この「本来あり得てしかるべき年齢」というものが、果たして何歳なのかということもわからないし、そもそもそんなものがあるのかどうかもわからないのだが、もしそれがあるとすれば、余分に生きた分だけ地球上の生態系のバランスを崩すことになるであろうし、当然それ故のプレッシャーを受けるであろうから、長寿を苦痛に感じはじめたとしてもおかしくない。また個々人においても、本来のゴールを通り過ぎて、にもかかわらず走り続けることを促されているのであるから、何となく「気がのらない」ことも充分に考えられるであろう。

「人間五十年、下天の内をくらぶれば、夢まぼろしのごとくなり」と信長が謡ったとされている「敦盛《あつもり》」の一節を我々はよく知っているが、もしかしたらこの「五十年」くらいが、「ちょうどいい寿命」ということになるのかもしれない。つまり、人々がおおむね「五十年」くらいしか生きることが出来なかった時代に、「不老長寿」は理想となり得ていたのであり、更に生きのびることが出来るようになった今日に至って、逆に「おい、どうしてくれるんだ」ということになったのではないかと思われるのである。

今日、周辺を見まわしてみると、「生きるに飽く」という感じが、そこはかとなく漂っているような気がしてならない。もちろん、少子化現象と言われ、かつてより少なくなったとはいえ若いものもいるし、彼等は別に「長寿」をもて余しているわけではないのだが、にもかかわらず彼等を含めて状況全体が、「生きるに飽く」というような、どんよりした倦怠に包みこまれている風なのである。

もしかしたら、「長寿」を「長寿」としてもて余しはじめた多数派の老年層が、それを若いものたちに伝染させているのかもしれない。或いは、その社会全体の平均寿命が高くなると、それに従って社会そのものが老年期に入り、活力を失いはじめるのかもしれない。「不老長寿」が、人間にとってのひとつの理想でなくなることはかまわないものの、こうしたキャッチフレーズに促されて「長生き」にいそしんだ結果、社会全体が活力を失うことになったとしたら、これは問題であろう。と言って今更、こうしたことを可能にした科学技術や医学の進歩を、停止させるわけにはいかない。むしろここへきて、遺伝子治療などが目覚ましい進歩を遂げ、寿命は更に飛躍的に延びる可能性すらある。

「ではどうすればいいのか」ということから考え出されたのが、「出家のすすめ」ではないかと私は考える。もちろん、「出家」という風習は昔からあった。頭を丸めて俗世間から離脱し、山野に隠棲したり、諸国を行脚したりするのである。

インドには人生を四つに分け、「学生期《ガクショウキ》」「家長期《カチョウキ》」「林住期《リンジュウキ》」「遊行期《ユギョウキ》」とする風があり、「林住期」からがいわゆる「出家」に当たるのであるが、この時期はまだ、いやになったら帰ってきてもいい。「遊行期」から、再び帰ってくることなく、どこかへ消えてしまう、ということになっているのである。

なかなかよく出来た制度とは言えないだろうか。ただ問題は、この「林住期」と「遊行期」を分ける時点で、「籍を抜いてもらわなければならない」ということである。つまり、「人間でなくなる」のであり、あらゆる人為的な制度から離れて、野鳥や野獣と同様、自然の手に委ねられるのである。

従ってこれは、「出家」というよりは「出世」と言うべきものであろう。もちろん、「世に出る」のではなく、「世から出る」という意味の「出世」である。

こうすれば、社会の平均寿命も大幅に低下するであろうし、「生きるに飽く」という風潮も、きれいさっぱりぬぐい去られるに違いない。「生きるに飽く」という風が、若いものにまで伝染しつつあるのは、「生きるに飽く」まま現に生きてしまっているせいである。そこからはずれれば、他に伝染させることもなくなるし、新たな生きる情熱も、生まれてくるかもしれないのである。

付和雷同

私は時々、「不和雷同」と間違えて書くことがある。その度に編集者に言われて直しながら、「どうして間違えるのだろう」と考え、口惜しまぎれに「こちらもあり得るのではないか」と思ってしまったりするのである。つまり「付和雷同」が「そうだ、そうだ」と、肯定的に大勢に従うのに対し、「不和雷同」の方は、「ちがう、ちがう」と否定的に大勢に従う、というわけである。

六〇年代に学生運動をしていた人間の中には、とかく「反体制」的な性向を有するものが多く、以後「バブル期」を経て一度も「体制」の恩恵に浴していないものは、状況のあらゆる傾向に対して、ほとんど条件反射的に「ちがう、ちがう」と反応しがちであるから、明らかにこの種の勢力は存在するのである。正直に言って私にもそうした性向があり、従って「付和雷同」を「不和雷同」と書いてしまうのかもしれないと考えるのだ。

もちろん、奇妙なことである。「反体制」的な性向というのは、「体制」に「付和雷同」するものを最も嫌うのであるが、その実、「反体制」に「付和雷同」してしまっているからである。もしかしたら、無意識にそのことに気付いて、それとこれとに差をつけるべく、思わず「付和雷同」を「不和雷同」としてしまうのかもしれない。「不和」を「付和」に直しながら、何となく残念な気がするのも、そのせいかもしれないのである。

残念と言えば、「体制」に対してであれ、「反体制」に対してであれ、「付和雷同」そのものを極端に嫌うものがいる。「付和雷同」を切り、返す刀で、もしこういう言い方があればの話だが「不和雷同」も切るのであり、そこに彼独自の立場を確かめようとするのであるが、実はこれは「天邪鬼《あまのじゃく》」と呼ばれて、確かに「付和雷同」の汚名はまぬがれているものの、ほとんど人間ではないかのように扱われることになっている。

「天邪鬼」というのは、例の仁王像に踏みつぶされている図でおなじみの、嫌われものの小鬼のことであるから、そう呼ばれて嬉しいはずはない。しかし、それを自ら受け入れてまでも「付和雷同」に与《くみ》したくないというのであるから、その拒絶反応の強さもさることながら、「付和雷同」に与しないでいることの困難さも、うかがい知れようというものである。

ただ私の考えるところによると、この「天邪鬼」たちが「付和雷同」の汚名はまぬがれたものの、「天邪鬼」であるという新たな汚名をかぶせられ、それから身を護るべく党派を作り、これがひとまず「不和雷同」になったのではないかと思われる。もちろん、この「不和雷同」も一種の「付和雷同」であることが明らかになり、そこからまた、新たな「天邪鬼」が生まれたというわけである。

「付和雷同」が「天邪鬼」を生み、それが党派を形造って「不和雷同」となり、またその「不和雷同」から新たな「天邪鬼」が生まれる、という、とめどもない過程が、ここに約束されていると言っていいだろう。一見すると、「天邪鬼」がどんどん純化され、そこから何ものかが生まれそうな予感がしないこともないが、恐らくそんなことはない。「付和雷同」もそれに反撥して生まれる「天邪鬼」も、この世界を動かしつつある本筋のドラマと関わりなく、それに付随するドラマに関わっているだけであるから、そこにドラマを見出そうとすること自体、不毛なことと言わなければいけないだろう。こうした過程をくり返す限り、次々に生み出されてゆく「天邪鬼」は、限りなく「零」に近付いてゆくものと考えられる。

従って、こうした動きそのものはどうでもいいような気がするが、ここへきて何となく気になるのは、「付和雷同」や「不和雷同」や「天邪鬼」であるそれぞれが、それぞれに勢いを失いつつあるのではないか、という点である。世界を動かしつつある本質のドラマではないのであるから、どうでもいいはずなのであるが、こうなってみるとその関わりのないはずの本質のドラマまでが、生気を失いつつあるように見えるのだ。

世界が一方方向に動きはじめると、どっとそれに「付和雷同」する勢力が生まれ、またそれに痛烈に横ヤリを入れるものが現れ、それが党派を成すと、またそれに反旗を翻すものが出現するという、かつてあったこうしたダイナミズムが、動きそのものは独自に動いていたとしても、世界を活性化していたと思われるのだ。それは一体、何なのだろう。

今回の「アメリカのイラク攻撃」に対する我が国の反応にも、それがうかがえる。六〇年代の、たとえば「安保闘争」に比較して、「付和雷同」も「不和雷同」もそれに対する「天邪鬼」も、それぞれに勢いがなかった。世界に目を広げても、動きが映像で丁寧に紹介された分だけ「お座なり」との感を否めない。動いたアメリカも、ほとんど抵抗なくイラクにずるずると入りこんでしまい「はて、どうしたものか」と、戸惑ってしまっている感じである。

もしかしたら我々は「付和雷同」にも「不和雷同」にも「天邪鬼」にも、飽きてしまったのかもしれない。むしろ、そのそれぞれに加担しないことで、本筋である世界の動きそのものの生気を失わせ、それをそれ自体挫折せしめようとしているのかもしれない。ありそうなことであるが、何となく残念な気もするではないか。

というのは、「付和雷同」と「不和雷同」と「天邪鬼」こそ（最後の「天邪鬼」はなくてもいいのだが）、民主主義を民主主義とするダイナミズムだったような気がするからである。

最近、選挙の度に棄権者の増加が問題にされるが、これもそのことと無縁の現象ではないだろう。何とかしなくてはいけないような気がする。

隔靴掻痒

「かっかそうよう」と聞いて、そのままさらさらと漢字に直せることはないにしても、どのような字をどのように並べればいいかについては、かなりの人が知っているに違いない。つまり、一見してややこしそうな言葉であるにもかかわらず、日常的に度々使われているものなのであり、何よりもその言いまわしの妙について、万人をうならせるものがあるということであろう。

たとえば「隔靴掻痒の感がある」という言い方をして、「靴の上からかゆいところをかくような」という事情を伝えようとするのであるが、実体験としてのこの「感じ」を、多くの人々が身にしみて感じとっているのである。私はこの言葉を、水虫文化圏が生んだものと考えているのであるが、「水虫持ち」にはおなじみのものと言えよう。

どういうわけか水虫は、足の指と指の間に棲みつくことが多いのであり、しかも靴をはいて中がむれてくると、次第にそれが「かゆみ」として自己主張しはじめるのである。当然、「靴の上からそれをかきむしりたくなる」という不毛の衝動に、駆り立てられざるを得なくなる。水虫のひどい私の友人は、コーモリ傘の先で靴を突つく癖をつけ、従って彼の靴の、親指のつけ根と覚しき辺りには、穴があいている。

恐らくこの言葉は、こうした実体験から生まれたのであり、多くの人々がこれに類した体験をしているので、比喩としての通りがいいのであろう。「ああ、あの感じね」と、語感こそやや奇怪な感じがするものの、誰しもが納得してしまうのである。

ただ問題は、この比喩を比喩として裏付ける実体験が余りにも強烈であるから、その実体験から促された苛立ちを、そのままその比喩の対象に向けたくなることである。たとえば、「うちの家内はね、一体に人の話に上の空で、この前も晩飯の仕度が遅れたんできつく言っといたんだが、隔靴掻痒の感は否めないよ」というようなことを聞くと、その「隔靴掻痒」という言葉に実体験としての苛立ちを掻き立てられ、事柄としては単に「晩飯の仕度が遅れた」だけであるにもかかわらず、「そんな奴とは、直ちに別れてしまえ」と言ってのけたりするのだ。比喩がうますぎるのであろう。

もちろん、「隔靴掻痒」という言葉の方も、なるべくその種の感情移入をさせないよう、工夫をしていないわけではない。これまでに挙げた例によっても明らかなように、この言葉は、「隔靴掻痒の感」とか、「の感は否めない」とか、やや堅苦しく、口語体ではなく文語体で使うよう、配慮している。言うまでもなく、そこに実体験としての「水虫のかゆみ」が侵入してくることを、そのようにして防ごうとしているのである。にもかかわらず、であるにもかかわらず現実にこのような暴発を許してしまっているのは、言葉遣いの問題というよりは、むしろ「水虫のかゆみ」の問題と言うべきであろう。

そこで、「隔靴掻痒」を単なる比喩として、不条理な感情移入を誘発させることなく使用するためにも、現在ある「水虫のかゆみ」を抑えるべきではないかと、ほかならぬ国語審議会が考えたとしても、ちっとも不思議ではないと私は考える。言うまでもなく「水虫のかゆみ」などというささいな事柄は、我が国の国語の純正さを維持し、あわよくばその格調を更に高めようとする国語審議会などが、敢えて取り上げてしかるべきものとも思えないが、この場合は「隔靴掻痒」という、水虫文化圏に特有の優れた比喩を比喩として温存するためなのであるから、やむを得ないと言えよう。

ところでその「水虫のかゆみ」であるが、考えれば考えるほど、わけのわからないものであることが次第に判明した。一体に我々の感じとる異常感覚は、「痛い」にせよ「熱い」にせよ「冷たい」にせよ、その生命への危険度に従って異常性を高めたり低めたりするものであるが、「かゆみ」に限ってはその基準に当てはまらない。どんなにかゆくとも、それはただひたすらかゆいだけであって、死に至ることはないのである。

つまり、「かゆさ」には等級がつけられないのであり、従って当然ながら、「これだけのかゆさがこれまでになったから、問題は解決」というようにはならない。そしてまた、同じ「かゆさ」でも、「かける」場合と「かけない」場合では、「かけない」場合の方が「かゆさ」は増す、という奇妙な法則性がそこにはある。「隔靴掻痒」というのは、そのもどかしさもさることながら、そうすることでその「かゆさ」を、更に増大させるための装置ともなっているのである。

それともうひとつ、ささいに見えてかなり大きな問題は、「かゆい」ということを他の言葉に置き換えることが出来ない、という点である。つまり、「かゆい」という感覚を味わったことのない、たとえば宇宙人などに、「かゆいっていうのは、どういうことだい」と質問された時、我々はそれを説明する言葉を持たない。ただひたすら、「かゆい」という感じを、自分自身の肌において感じとり、身をもじもじさせてみることが出来るだけであろう。

いつか誰かが、「くすぐったいっていうのは、どんな感じ」と質問されて、「寒いのとかゆいのをまぜた感じ」と説明し、「なるほど」と思ったことがあるが、ここでも「かゆい」は自明のこととして扱われてしまっている。この質問者は、確かに「くすぐったい」という感じを客観視することは出来たと思われるが、もし彼が、「じゃ、そのかゆいっていうのはどんな感じ」と聞いてきたら、この説明者もどうしようもなかったであろう。「かゆい」のは、客観視したりすることが出来ない。これを、「かく」ことの出来ない靴の向こうに置くと、どれほど危険かは、自ずから明らかであろう。

前虎後狼

もともとは「前門に虎を拒《ふせ》いで、後門に狼を進む」という言葉のようである。これが省略されて、「前門の虎、後門の狼」となり、これでもまだまだるっこしいというので、「前虎後狼」となったのであろう。この傾向がそのまま進行すると、そのうちにこれは「虎狼」となり、更に放っておくと何もなくなってしまうということにもなりかねない。

世の中がすべてスピード・アップされて、言葉もまた短縮化される傾向にあるが、時には言葉の短縮化の方が先行し、「おい、ちょっと待ってくれよ」と言いたくなることがあり、これもそのひとつと言えよう。四字熟語の辞書を開くと、確かに「前虎後狼」とはあるものの、一般にはまだ「前門の虎、後門の狼」という言い方が使われているからである。

「ゼンココウロウ」といきなり言われたら、どう書くのかも、どういう意味なのかも、わからないに違いない。

試しに電話で、心当たりのものに聞いてみたら、「全戸紅楼ではないか」という返事があった。新宿の歌舞伎町あたりに迷いこんだ心持ちのことを思い浮かべたのかもしれない。もちろん四字熟語の中には、字面の見当がつかなくとも、そしてまた、字面からは思いもつかないような意味を持っていたとしても、よく使われていて、そういうものだと思いこんでしまっていれば、それなりに通用するものもないではないが、残念ながら「前虎後狼」は、そこまでいっていない。

「さあ、これからこれでいくぞ」と世に出してはみたものの、「全戸紅楼」と間違う奴も出てきたりして、使い勝手が悪くもあり倉庫の隅に捨て置かれることになったのであろう。そしてまた、「前門の虎、後門の狼」という言い方が、意味の通りもよく、口に出して言う場合の調子も悪くない、ということがある。

ついでだからもうひと押ししておくと、「前門の虎、後門の狼」の省略は、単に「前門之虎」になってしまいそうな気がする。「それでは後門はどうなるんだ」と、「前虎後狼の使用を促進する会」のメンバーが、もしそんなものがあるとしたら、言い出しそうであるが、「前門の虎、後門の狼」という言い方が充分に世に知れ渡っているので、「前門の虎」と言っただけで誰もが反射的に「後門の狼」を思い浮かべるはずである、と反論出来るのである。

というわけで、もしそんなものがあるとしても「前虎後狼の使用を促進する会」の立場は、極めてあやういのであるが、だとしても巻き返しを図っていないとは言えない。たとえば過日、或る高校の入学試験に、「前門の虎、後門の狼」の「前門」と「後門」を伏せ字にして、「穴を埋めよ」と出題したところ、「後門」を「肛門」とした生徒が多かった、という話がある。「穴を埋めよ」という言い方がよくなかったのではないか、という意見もあったが、ともかく現在の若いものは、「後方にも口がある」ということを知らない。

ひところ、「家庭内暴力」というものが盛んにマスコミをにぎわせていた当時、その原因の一つとして、「各家庭に裏口というものがないせいだ」と主張した或る建築家がいた。確かに、今日の高層マンションや集団住宅には、かつてあった「勝手口」に類するものがない。従って、鬱屈したものが家庭内に閉じこめられ暴発するのだ、というのがその建築家の考えなのである。

もしこれがその通りだとすれば、確かに「前門の虎、後門の狼」という言葉は世に知られ、「前門の虎」と言っただけで誰もが「後門の狼」を思い浮かべるにしても、「その後門が何のことだかわからないとすれば、どうしようもないのではないか」と、「前虎後狼の使用を促進する会」のメンバーが言い出したとしても、ちっともおかしくない。

　もちろん、「前虎後狼」だって、「前門」や「後門」のありようを説明してくれているわけではないが、「前に虎、後ろに狼」がいるということで、状況の切迫感は伝えているのである。ひるがえって「前門の虎、後門の狼」と言うと、そこに門があるだけ、虎と狼が前方の外敵と後方の外敵を、防いでくれているような気がしないでもない。

　というわけで、「前虎後狼」もなかなかあなどり難いのであるが、問題はやはり「ゼンココウロウ」という読み方であろう。四字熟語というものは、敢えて厳《いか》めしく、堅く聞こえることによって言葉の流れにメリハリをつける場合が多いのであり、それが魅力ともなっているのだが、「ゼンココウロウ」はちょっとひどい。流れにメリハリをつけるというより、異物につまずかされたような気分になるのである。

　かと言ってこれを訓読に直し、「マエトラウシロオオカミ」とするのも問題であろう。四字熟語に特有の格調が失われ、言葉のまとまりも悪くなる。「マエトラのウシロオオカミ」と、間に「の」を入れると調子が良くなるよという意見もあったが、これではほとんど四字熟語ではない。

というわけで、「前虎後狼」はまだ市民権を得ていないと言っていいのであるが、逆に言えばそのせいで、これが省略されて「虎狼」となったり、そのうちに消えてなくなってしまうことを、防いでいるとも言える。言葉の短縮化は、消滅への過程にほかならないからである。

ところで、「前門の虎、後門の狼」という言い方が、それぞれの門を虎と狼が、外敵の襲来に備えて守っているように聞こえてしまいかねない、と書いたが、もしそれがそのように通用しはじめたら、誤解を解くために我々は、冒頭に掲げた原文そのものを恢復させなくてはならなくなるだろう。つまりこの言葉は、短縮化の方向へではなく、むしろ原文へもどるという方向へと逆を向いているかもしれないのである。

牛飲馬食

「鯨飲馬食《げいいんばしょく》」とも言う。もしかしたら、この言い方の方が古いのかもしれない。ただ、「鯨」と「馬」では並びが悪いし、かと言って「馬」の方を変えるとなると、陸上で最も大きなものという意味で、さしずめ「象」であるが、あれは鼻でつまんで口に入れるという動作のせいか、食べるということの野蛮さが感じられない。やむなく「鯨」の方を「牛」に変えた、というところであろう。

ということから考えて、「牛飲馬食」というのが、食べるということの野蛮さ、もしくは浅ましさを伝えようとするものであることは明らかであるが、言うまでもなくそこには、「牛」であり「馬」であるものが、飲んだり食べたりするもののとてつもない量が問題視されている。つまり、「牛」や「馬」の飲み且《か》つ食べるようなとてつもない量のものを、「牛」や「馬」のように、「ガブガブ」もしくは「ガツガツ」飲み食べることが、戒められているのである。

そこで、食卓での作法が生まれたのであろうことは、想像に難くない。食べ物にいきなり口をつけて食べることは、「犬喰い」と言って戒める風が今だにあるから、象が鼻を使うように、最初はそこに手を介在させることが発明されたのであろう。手で持って口へ運ぶということになれば、いきなりそれにかぶりつくよりは、幾分優雅である。

ただ、インド及びその周辺国を除いて、「それでは、象とあまり差がないではないか」ということになり、手と食べ物との間にフォーク、箸などを介在させることになった。フォークや箸で食べ物を取り扱うには、かなりの技術が必要であるから(フォークでスパゲッティーを巻きとったり、箸で豆をつまんだりするためには、一定期間の修練を経なければならない)、ここから食事行為は、単なる摂食活動から文化活動に変質する。ちなみに、インド及びその周辺国において、こうした食事用具及びその技術が発達しなかったのは、「象と差をつける」ことが、必ずしも文化的に上位を示すとは、考えられなかったせいであろう。

ともかく、そうした道具と技術の介在により我々の食事行為は、「飲みたいから飲み、食べたいから食べる」という単なる摂食活動から、「礼儀正しく飲み、礼儀正しく食べる」という文化活動に変化したのであるから、当然「飲みたいだけ飲み、食べたいだけ食べる」という、単なる摂食活動によって促される衝動も、抑制されるはずであった。

しかし、今日周囲を見まわしてみればわかる通り、そうはならなかったのである。人々は「礼儀正しく飲みたいだけ飲み、礼儀正しく食べたいだけ食べ」ることをはじめ、理の当然として、とめどもない肥満をもて余すことになったのは、御存知の通りである。これは、「飲みたいだけ飲み、食べたいだけ食べる」という衝動を抑制するに足るほど、作法が充実していないせいかもしれないと考え、食前に神に対する祈り、もしくは「いただきます」などのあいさつをつけ足すなどしてみたが、効果はなかった。人々は、神に対する祈り、「いただきます」などのあいさつをした後、平然と「飲みたいだけ飲み、食べたいだけ食べる」ということをしたのである。

ところで、食事用具及びその技術を発達させなかったインド及びその周辺国においては、論理的には更に肥満がもて余されているはずであるにもかかわらず、結果は必ずしもそうなっていないことに人々は気付いた。これはどういうことであろうか。

「思うに」と、肥満対策に悩む礼儀作法重視諸国の識者は言う。「食事に伴う礼儀作法の充実を目指してきた諸国においては、それによって食べるということが本来的に持つ野蛮さ、浅ましさをおおい隠してしまったのである。従って、食べることに対する全生物が抱いてしかるべき恥じらい、もしくはそれによってもたらされるためらいを失ってしまったのではないだろうか」。つまり、礼儀作法は逆に働いてしまったのだ。

というわけで今日、肥満に悩む主として近代先進諸国においては、「礼儀作法にこだわらず、出来れば手づかみで、可能ならいきなり口でかぶりつくやり方で、なるべく野蛮に、浅ましく食べよう」ということが、間もなく流行しはじめるのではないかと、私は考えている。もちろんこれだけではいけない。食卓の周辺には鏡が張りめぐらされ、手を休めてふと目を上げる度に、その野蛮で浅ましい姿が映し出されるのであり、思わずギョッとして、その場から逃げ出したくなるのである。目を上げて鏡を見る余裕もなく食べ物にかぶりついている人のためには、「こんにちは、お食事中ですか」と、声をかけてやることが必要かもしれない。

昔、貧乏人の子供は学校でのお弁当の時間、片手で自分自身のお弁当をおおい隠しながら食べることをした。これは、お弁当の内容の貧しさを他人に見られまいとしたせいと言われているが、同時に、食べるということの浅ましさを他人の目から隠すという精神も働いていたと思われる。貧しいものに限って、食事は喜ばしいことではなく、みっともないこととされていたのであろう。

食事に当たってのこの精神を、我々はもう一度呼び覚まさなければいけない段階に来ていると思われる。「牛飲馬食」という言葉は、我々の食事に対するその種のデリカシーがある時、はじめて痛烈なものとして聞こえてくるものだからである。

ところで、フォークや箸を使わずに食事をするインド及びその周辺国の人々に聞くと、ひとまず手で味わい、次いで口で味わうという「二度の楽しみ」が体験出来、従って量そのものは減る、ということであった。これも、それが本当なら、ひとつの考え方かもしれない。手から足に渡し、足から口に運べば更に量を減らすことが可能だろう。

有為転変

「有為転変は世の習い」と言われている。生きとし生けるものにかぎって言えば、「生生流転」と言い換えてもいい。人間社会の価値観に基づくと、「栄枯盛衰」ということになるだろうか。「月満つれば則《すなわ》ち欠くるの例え」というわけである。つまり、「無常」なのだ。

こうした「物の見方」について、我々はかねてより教えこまれ、身につけてきた。西欧近代の合理主義思想が移入され、生活システムそのものが変化させられてゆく中でも、我々は身体の一部にこの感覚を保持し、だからこそあれほど無抵抗に西欧近代を受け入れることが出来た、とも言える。従って、今日明らかになりつつある西欧近代の崩壊を、我々こそ真っ先に予見し、「それ以後」の過程へゆるやかに歩みはじめていなければならないはずであった。

しかし、今日周辺をあらためて見まわしてみればわかる通り、そうはなっていない。少なくとも、我々が年毎に三万人の自殺者を出しているという事実は、今日のこの状況を、「有為転変」として、「生生流転」として、「栄枯盛衰」として受け取り、受け流す強さを失っているからとしか思えない。この自殺者数は、西欧近代を率先して推進した西欧諸国に比較しても圧倒的であるから、本来責任を取るべき彼等の代わりに我々が、徒《いたず》らに責任を取らされているようにすら考えられる。

こんな馬鹿な話はない。もちろん今日の三万人という自殺者数は、例の「バブルの崩壊」とその後の不況によるものとされているが、それだって既に「バブルの全盛期」に、それが単なる徒花《あだばな》であり、いつか崩壊するものであることを多くの人々があからさまに口にしていたのであるから、ショックはショックとして、それなりの覚悟は出来ていたはずなのである。そのころ、暗にこうした事態を予感した人々が、「我々はむしろ、不況になった方が本来の強さを発揮する」という意味のことを言っていたのを、私はよく覚えている。これは、「バブル全盛期」における我々の醜悪さに対する拒絶反応として、やや言いわけがましく言われたものに相違ないが、同時に我々の内にある、「有為転変」でありいだろう。

問題は、「バブルの崩壊」とその後の不況が、かつての経済破綻とその不況のようには、ダイナミックでなかったということも、あるかもしれない。極く感覚的に言えば、何とも薄らぼんやりした、「どうやら不況」の感じが、バブル崩壊後暫くの間我々を支配していたのである。つまり、「有為転変は世の習い」として、「月満つれば則ち欠くるの例え」として、開き直るきっかけを失った、ということもある。「はっきりとした不況」は我々を鼓舞するが、「どっちつかずの不況」は開き直りのきっかけを与えないから、むしろ我々を不安にする。

ただし、本来の意味の「有為転変」であり「生生流転」であり「栄枯盛衰」である「物の見方」を身につけていたら、こうはならなかったであろう。多くの場合我々は、開き直ることによってそれに気付くが、本来それは、開き直ると開き直らないとにかかわらず、常住不断の法則として、ひとつの過程を形造っているものだからである。

ということは、今日の不況に至る以前のどこかで我々は、こうした「物の見方」を、一時的にではあれ、見失っていた、ということになる。だからこそ、開き直ることによってしかこの「物の見方」を呼び覚ますことが出来ない事態に陥っていたのであり、開き直れないまま、今日の事態を招いている、というわけである。

それがいつのことか、はっきりとはわからない。しかし、少なくとも「バブル全盛期」、同時並行的にそれが「バブル」であると言われていたにもかかわらず、この「物の見方」が本来のものでなくなっていたのは事実であろう。「バブル全盛期」にそれが「バブル」であることを主張するのは、「有為転変」という「物の見方」そのものであるはずなのにもかかわらず、そのどこが本来のものと違うのであろうか。

恐らく、「有為転変」も「生生流転」も「栄枯盛衰」も、時間におけるドラマである。つまりそれを口にする時我々は、悠久の時間の中に自分自身を置き、その流れの中で自分自身を確かめようとしているのである。しかし、西欧近代が移入されて長い過程の中でその変質が行われたものと思われるが、いつの間にかそれは、空間におけるドラマにすり変わってしまっていた。確かに「バブル全盛期」、それが「バブル」に過ぎないことを多くの人々が言い当てていたが、それは「空間におけるドラマ」として、その崩壊を予見して見せたに過ぎない。それが「時間におけるドラマ」であり、「空間におけるドラマ」に比較したら、「悠久の時間における単なる過程」に過ぎない、という考え方とは大いに違っていたのである。

「空間におけるドラマ」によってもたらされるのは、その法則性だけだが、「時間におけるドラマ」によってもたらされるのは、その法則性だけでなく、「時間によるいたわり」もしくは「時間によるなぐさめ」が、常に作用している。「有為転変は世の習い」という言い方も、「月満つれば則ち欠くるの例え」という言い方も、その法則性のみを伝える突き放した言い方のように見えて、その実、そのすべてを「時間が押し流してくれる」という「いたわり」と「なぐさめ」が含まれていることを、我々はよく知っているのである。

我々は空間の中で生活しているのであるが、同時に時間の中でも生活している。西欧近代が移入される過程で、我々は少しずつ、この時間感覚を失わされていたのであろう。

百鬼夜行

「百鬼夜行」なら、凄まじさは凄まじさとしてそれなりに納まって見えるが、どうもこのところ「百鬼昼行」がそこここに出現し、対応に苦慮することが多い。「つまり、真昼間に、ビジネス街でおかまに出会ったような心持ちだね」と言ったものがいたが、その通りである。

アメリカのカリフォルニア州知事選挙で、アーノルド・シュワルツェネッガーが当選したというニュースをテレビの映像で見た時、私はそう思った。「ターミネーター」なる映画で、彼が未来より送りこまれてきたロボットを演じていたのを、何故か私はたまたま見ていて、その印象が強かったせいかもしれない。「おい、やっぱり、昼間出てきちゃまずいよ」と、私は思わずつぶやいてしまったものだ。

名のあるスターを選挙に担ぎ出すということは、この「情報化社会」においてはかなり有効なのであろう。アメリカには大統領にまでなったロナルド・レーガンという例があるし、我が国だって敢えて例をあげるまでもなく、数多く存在する。従って、その点ではさほど驚くには当たらないのだが、シュワルツェネッガーの場合は、ちょっと感じが違う。

「絵に描いたようなスター」という言い方があるが、彼の場合、その「スター」であることよりも「絵」であることの方が強い。人々の「こうであって欲しい」と、かなり無責任に思い描く「絵」の中に、全く過不足なくピッタリ納まって見せているのであり、その点が薄気味悪いのである。

ただ、私が「百鬼夜行」から連想して「鬼」としたのは、別に彼がかつてヒットラーを礼讃したことがあるらしいことや、係累がナチ党員だったらしいこととは、全く関係がない。彼はかつて悪役であったから、それらもまた当時、人々が彼に要求した「絵」のひとつだったかもしれないからである。

私が「鬼」としたのは、人々の「かくあれかし」という視線の中で、その通りの「絵」になってしまえる或る資質のことである。俳優というものはそういうものだ、という意見もあるが、少し違う。名優というものは、名優であればあるほど、たとえばロボットを演じてみせた場合、「まるでロボットみたい」ということになるのだ。ところが彼の場合、どうも言い方は奇妙であるが、「まるで人間みたい」となってしまうのである。つまり、ロボットであることは自明の理として、逆に「人間みたい」に見えてしまうというわけだ。

この差の中に、私は「鬼」であるものを見てしまう。言うまでもなくこの場合の「鬼」というのは、「強い」とか「悪い」とかいうことではなく、「異次元の存在」ということになるだろう。

アーノルド・シュワルツェネッガーが人々の前で勝利宣言をする映像を見て、「まるで知事みたい」とか「まるで政治家みたい」とかではなく、「まるで人間みたい」と感じとることが出来たら、我々はこの奇妙な感覚に触れたことになる。そして、その同じ感覚を持って周囲を見渡せば、テレビのブラウン管に登場するあらゆる政治家や有名人が、大なり小なり、その種のイメージを漂わせていることに気付くであろう。

「情報化社会」において、選挙でテレビの重要性が言われて既に久しいが、同時に各立候補者がすべて演技者となり、人々が思い描く「かくあるべし」とする「政治家像」に、やみくもに自らを当てはめようと身を削りはじめたことについては、意外に知られていない。いや、それぞれが「テレビ映り」を気にして、スタイルを整えたり、言葉遣いに気をつけたりしはじめたことについては知っているものの、そうした過程を通じて、彼が彼である本質までが、それによって変更させられつつあることまでは、知らないのである。

もちろん、選挙民の思い描く「かくあるべし」とする「政治家像」が、かなりいいかげんなものだから、と言って言えないこともない。たとえば現実には、「汚職をするけど政治的に有能な」人間と、「政治的には無能だが汚職はしない」という人間と、どちらを選ぶかということになったりするのだが、テレビの映像に人々が要求するのは、「汚職をしない、政治的に有能な」人間ということになり、候補者もその「絵」に自らを当てはめようとするから、勢い、彼が彼であることなど、どこかへいってしまう、というわけである。

かくてテレビは、万人の共感を集め、視聴率を高めようとすればするほど、極めて平均的で万人にさしさわりのない「絵」を描き、それにすべての政治家や有名人を当てはめようとするから、それに迎合してあらゆる政治家と有名人は、自分ならざる自分、つまり「鬼」になってゆくのである。

しかも、「夜行」するのなら、「鬼」も「鬼」であることを確かめやすいが、「昼行」するものはそうではない。アーノルド・シュワルツェネッガーのような稀有の順応者（ロボットを演じようとして、逆に「人間みたい」に見えてしまう）ならともかく、多少の違和感は抱きながらも「絵」の通りの存在と思いこんでしまうのである。「百鬼夜行」より、「百鬼昼行」の方が度し難いのは、そのせいであろう。

かつては日常空間というものがあり、そこには日常感覚なるものがあって、たとえば「鬼」のような非日常的なものに対しては鋭敏に反応し、対処することが出来ていた。「情報化社会」の到来は、この日常感覚なるものをなしくずしに破壊したと言っていいだろう。そこで我々は、情報の「絵」である表層と、その背後にある本質を、見分けることが出来なくなりつつあるのである。「昼行」する「百鬼」は、そこに忍びこむ。

そしてまた、非日常と呼ばれた空間の独自性もまた、なしくずしにされつつあるように思われる。「夜行」と「昼行」の区別も、つきにくくなっているのだ。

荒唐無稽

このところ毎年三万人の自殺者が数えられており、静かなる異常事態を告げつつある。原因は、不況であったり、老齢化社会であったり、少子化であったりと様々に言われているが、真相はもう少し根深いもののような気がする。つまり、かつて我々の生活を支えていた「拠りどころ」が構造的な変化を遂げ、生活感覚そのものが改変を促されているという状況によるもの、と言った方がいいであろう。

或る団地に住んでいる男が、酔っぱらって「ただいま」と玄関の扉を開けたとたん、それが見も知らぬ家だった時のショックを話してくれたことがあったが、今それと同様のことが鈍痛のように我々を襲いつつあるのである。しかも彼の場合は、たちまち酔いがさめて自宅に帰りつくことが出来たが、我々の場合はそうはいかない。わけのわからないまま、その場で何とか折り合いをつけていかなければいけないのである。

我々年代のものは、第二次世界大戦の終結を起点として、「戦前」と「戦後」というように時代のメリハリをつける習性があったが、ここへきてもうひとつ、「バブル以前」と「バブル以後」というメリハリも、念頭に置いてしかるべきかもしれない。ここでも、我々を我々たらしめる何ものか本質的なものが、変化したと考えられるからである。ただ「戦後」の場合、ある錯覚から覚めてストンと地に足がついた感があったものの、「バブル以後」の場合、確かにある錯覚からは目を覚まされたものの、何故かストンと地に足がつかないもどかしさを、今だに持続しているという違いがある。

恐らくこれが現状であろう。そこが見知らぬ家であることを知りながら、どう自分自身の家に帰っていいのかわからないのであり、更には、自分の家などないのかもしれないのである。

かつてはこうした状況を「不条理」と呼び、「不条理劇」なるものを生み出したが、今日病状はもう少し進み、ほとんど「荒唐無稽」と言ってもいいかもしれない。つまり「不条理」の場合は、錯覚であれ何であれかつてあったとされていた「条理」の感覚が、身体のどこかに残存記憶として確かめられたのだが、「荒唐無稽」の場合にはそれすらもないのである。

しかも、「不条理」の場合は「不条理」であることを批評する立場があったが、「荒唐無稽」にはそれがない。従って「荒唐無稽」は、更なる「荒唐無稽」へと、とめどもなく雪崩《な》崩《だ》れこんでゆくのである。

かつて或る犯罪評論家が、「最近は殺人が行われ、それが保険金目当てだとわかると、ほっとする」という意味のことを言っていた。つまり、何やらわけのわからない殺人が多い中で、「保険金目当て」となれば少なくとも、それをそうした人間性というものを確かめる手がかりは得られる、というわけである。しかし、ここへきてそれも怪しくなってきた。殺される本人が、うすうす知りながら事件にまきこまれるといった例や、更には、殺される本人が自分自身で、金を払って殺し手を雇うという例まで出現してきたせいである。

そして今日、ほとんど「荒唐無稽」のシンボルとでも言うべきもののように、いわゆる「ネット心中」なるものが瀕発しはじめた。どうやら、掲示板などで仲間を集め、知らないもの同士で一台の車に乗りこみ、七輪で炭火をおこし、一酸化炭素で中毒死する、というのが典型的な形態らしい。「こんなものは、考える気にもならないよ」と、前述した犯罪評論家が言っていたが、確かにこれは、従来の人間性というもののありようとは、別の法則のもとで生み出された出来事のように思える。

しかし、現に我々の周辺でこうしたことが行われ、しかも連続しつつあるということになれば、無視するわけにはいかない。ひとまずは周辺のものと「変だね」「どういうことだい、これは」などと言葉を交わすくらいで済むが、二度、三度となると、何とか自分自身の考えの中で辻褄《つじつま》を合わせておかないと、返さなければいけない借金をまだ返せないままでいるような、居心地の悪さを覚える。

正解を知りたいというのではない。世の中の出来事すべてに、いちいち正解を下すことで通過することなど出来ないということを、我々はとっくに知っている。にもかかわらずそれぞれに、「私はこう思う」という、何らかの判断を下しておきたいのである。そしてそれの出来ない出来事に出会うと、自分自身の生命活動の流れが、そこで切れ、ポカンと空洞が出来てしまったような気がする。錯覚であれ何であれ、「私はこう思う」と判断することでつなぎとめてきた或る連続性が断ち切られるのであり、或る崩壊感に囚われるのである。言ってみればこれが、更なる「荒唐無稽」を生む、と言っていいだろう。

「ネット心中」が発生して、「起きました」「またかい」という反応があるうちはまだいい。この反応力が次第に失われて、「起きました」「あ、そう」ということになってゆくのであり、こうなると「荒唐無稽」はそうでないものをも支配しはじめる。つまり、特殊なことではなく、それが一般化するのである。

今日事態は、どうやらこのように進行しているようである。もちろん、ひとつの原則が時代にふさわしくないものになり、次の新しい原則が生み出される場合、一時「荒唐無稽」が一般化するということは、これまでにもなかったわけではないだろう。いわゆる「世紀末的現象」と言われるものである。しかし、今日進行しつつあるそれは、単に「勘」で言っているに過ぎないのだが、ちょっと違うような気もする。新しい原則が生まれてくる前提とは言えないような気がするのだが、どうだろうか。それとも、思いもよらない法則性が生まれる前提なのだろうか。

優柔不断

かつて「君ほど優柔不断なものはいないね」と言われたら、恥じ入らなければならないことになっていた。現状況下における社会人の資質として、それはかなり劣性の要素と見なされていたからである。近代に入ってからそうなったのではない。前近代においても、これに似た言葉として「ぐず」という言い方があり、あからさまな非難として通用していたからである。

つまり「優柔不断」は、これまで長い間日陰の身をかこってきたのであるが、ここへきてやっと、「日の当たる場所へ出てきた」とまでは言えないものの、何とかそれなりの面目を取りもどしつつある。状況の余りにもスピーディーな変化と、それへの即断即決を強制する体制が、やむなく我々の目をそちらに向けさせた、と言った方がいいのかもしれない。

もちろん目は向けても、「これじゃ駄目だ」と考えて一度はあきらめ、「でもやっぱり」と再びそちらを向くという、いわば「優柔不断」を手にするための「優柔不断」が、その間何度かくり返されたであろうことは、想像に難くない。ともかくこの「情報化社会」における、情報主導の即断即決体制から抜け出すためには、「悪魔とでも手を結びたい」と我々は考えていたのであり、「悪魔ほどじゃない」ものとして「優柔不断」を思いついた、というのが真相であろう。

今日では、即断即決を強制する状況下で、どこまで「優柔不断」を保持出来るかということが、人間的であり得るための重要な拠りどころとなりつつある。この場合の利点というのは、その際何も考えなくていいというところにある。ただ、決断を遅らせればいいのだ。一秒遅らせることが出来るものは、一分遅らせることが出来る。一分遅らせることが出来るものは、十分遅らせることが出来る。それをそのように、十分から三十分、三十分から一時間、一時間から一日と遅らせることによって、次第に問題が、状況主導によるものから我々自身の主導によるものに、大きく変化しはじめることに気付くであろう。これが重要なのである。

私の早世した友人が、末期癌で暫くホスピスに入っていたのだが、その時そこで教わった言葉として、「がんばらない、あきらめない」というひとことを、最後に手紙で知らせてくれた。「これは使えるよ」という言葉を添えて。ちょうどそのころ、私自身状況に追いまくられて、「優柔不断」を身につけようと考えていたから、「ああ、これなんだな」と思い当たった。

「がんばらない」というのは、「一歩引く」ということである。いささかうしろめたい気もしないではないが、教訓としてこう言われると、何となくなぐさめられる気もする。しかも、「勝負を降りる」わけではない。引いた背中を、「あきらめない」という言葉がやんわりと支えているから、さしずめ「勝負を降りたふりをする」のであり、ねらいは秘められているのである。いわば、フェイント戦法とでも言うのであろうか。

何はともあれ、連日状況の現場に身を張って、そこからこぼれ落とされまいとしている時、この「がんばらない、あきらめない」という言葉を聞くと、今まで全く思いもよらなかった身の置きどころが見つかったような、ほっとした気分になる。そしてこれこそ、「優柔不断」を方法として身につけることにほかならない。

もちろん、「がんばらない、あきらめない」で自分自身の立ち位置を決め、「優柔不断」を方法としてやっていくためには、いささかの試練が必要である。というのは、前述したように「優柔不断」は長いことその悪名を人々に広めてきたから、ほんのちょっと姿を現すだけで人々のひんしゅくを買うことになっているからである。

たとえば、乗降客の多い新宿の駅で、それも朝夕の人が混み合うラッシュアワーに、乗車券の自動販売機の前に立ち、小銭を探しているような、行き先までの乗車料金を調べているようなふりをしながら、一分でも二分でもいい、そこで「優柔不断」を決めこんでみるとよくわかる。「おい、いいかげんにしろよ」「小銭なんか、最初から用意しとけばいいのに」「行き先だって、はじめから見とけよ」という、人々の苛立ちの声を聞きながら、次第にそれが「殺意」にまで高まってゆくのを感じとりながら、我々は今日の、「優柔不断」に対する人々の嫌悪の底深さを知ることになるだろう。

当然ながらそこで構内放送があり、「ただ今豪雨により、ＪＲ線全線が不通になっております」と言われたら、そこに充満していた人々の憎悪は、たちまち雲散霧消する。そしてもしかしたら、何が彼等を苛立たせていたのかすら、忘れてしまうかもしれない。つまり、それはそれほどに根拠のないものであり、局部的な条件下に限定された衝動なのである。

　ということは、かなり勇気のいる試みであるとは言え、ここでの「優柔不断」にも、成就の可能性がないではない。我々がこのことに一分耐えられ、二分耐えられ、それが十分、三十分、一時間となったら、やがて構内放送による「全線不通」と同様の状況が、そこに作り出されるかもしれないからである。そして人々は、そこで一分一秒を争って乗車券を買おうとする自分自身の、局部的な呪縛感から、解放されたことに気付くであろう。

　恐らく今日、ひとりひとりがこのことを心がけるべき時であるような気がする。私がこう言うと多くの人々が賛成してくれるのだが、私を含めて多くは乗車券の自動販売機の前に立つと、依然として大急ぎで切符を買ってしまうのである。まだまだ修行が足りないのかもしれないが、もちろんそれだけ「優柔不断」が難しい、ということでもあるだろう。

無我夢中

或る高名なテロリストがその弟子に、決行の前に「数を十数えろ」と諭した、という話がある。そうすれば冷静になれる、というわけである。もちろんこの種の智恵は、テロリストならずとも多くの人々が、各種の場面で言われていることであろう。

碁打ちはその師匠に、「打つ場所が決まるまで、石に手を出すな」と言われている。子は親に、「横断歩道では立ち止まって、左右を見てから渡れ」と言われている。自殺の名所に、「ちょっと待て」と書いてあるのも、同様のことを期待してのことに違いない。

つまり、それまで継続してきた行為に、そのままのめりこむのではなく、一旦それを切り、局面を変えて眺め返すことにより、冷静になれ、従って間違いが少なくなる、ということであろう。「無我夢中」のままではいけないのである。「急《せ》いては事を仕損ずる」という言い方もある。

事実、この教訓によって救われた例も、そして、失敗がこの教訓に従わなかったせいであった例も、我々は数多く持っている。言ってみればこれは、現実的にかなり有効な教訓だったのである。

ただ、「だった」と過去形で書いたのはほかでもない。ここへきて、やや様相が変わってきつつあると思われるからである。もちろん、どう変わったのかを説明することは、かなり難しい。

確かに、それまで継続してきた行為を打ち切り、あらたに眺め返せば、局面は変わったような気はするのだが、にもかかわらず「冷静になった」ような気がしない。「夢から覚めて、また夢の中」のような、ありありと見えてくるはずのものが見えてこないもどかしさに囚われるのである。これは、どうしたわけであろうか。

「情報化社会のせいだよ」と、何でもそのせいにする奴がいて、今回のこのこともきっとそう言うに違いないのだが、まさしくこれは、その通りのことかもしれない。「情報化社会」というのは、世界が論理的な構造であることを失わせ、それがそう見えることで冷静になれる手がかりを、失わせる。情報は世界のありようを確かめるためのものだが、情報として得られたありようは、世界が世界であることの現実感を伴わないから、我々を鎮静化してくれないのである。

たとえばこういうことがある。道を歩いていて、或いは乗りものに乗っていて、何か気がかりなことがある。それが何だかわからない。かつてなら、立ち止まってちょっと考えてみようとしたのだが、今日なかなかそうしたいと思わない。立ち止まってちょっと考えることによって、局面が切り替わり、いわゆる「我に返る」ことが出来そうにないのである。

「おい、ちょっと待て、ちょっと待て」と、それまでの状況を進行させながら思わずつぶやいたりするのだが、依然として覚醒感が得られないまま、事態はゆっくりと進行してゆくのである。確かに「無我夢中」のままではない。決意してその状態から離脱はしているのだが、以前ならばそれだけですべてが秩序立ってありありと見えたものがそうならず、何やらもうひとつの、更にゆるやかな「無我夢中」の中に入りこまされたような気分なのである。

「夢から覚めて、また夢の中」という状態が暫く続くと、世の中の事象すべてに対する未消化感が蓄積するせいだろう、奇妙な疲労感に囚われる。これが奇妙なのは、ほかでもない、本来なら体験することによって得られるはずの疲労感が得られないのであり、逆に体験しないことによって体験する以上の疲労感が、貯めこまれるような感じがしてしまうからである。そして、体験することによって得られた疲労感は、体を休めることによって癒されるが、体験しないことによって得られた疲労感は、もともと体験していないのだから、体を休めても癒されない。

どうも、奇妙な時代になってきたようである。「ちょっと待て」もしくは「急ぐな」ということが、何の効用ももたらさなくなったのであり、それよりも何よりも、それらが局面を停止させ、鋭角に切り替えるためのスイッチの役割を果たさず、事態をゆっくりと持続させるのが、何とも気持ちが悪い。

いっそのこと、人間は生きている以上、「無我夢中」であることから離脱出来ない、と悟るべきなのであろうか。「ちょっと待て」もしくは「急ぐな」ということで修正される間違いも、大局的に見ればたいしたことではないのであるから、それはそれでいいようなものの、それでは我々の生活のメリハリがつかないような気がする。

我々の生活は、日で区切られ、月で区切られ、年で区切られて成立している。そしてその区切り毎に、たとえ錯覚であれ「無我夢中」より離脱し、新たな局面に向かう気になっている。それがシステムとして有効であれ無効であれ、この制度が我々の生活のメリハリを形造っているのは間違いない。つまり、もし我々が実質的にこの「無我夢中」から離脱出来ないとすれば、この物理的な時間の区切りは何の意味も持たないことになる。ただ、ひたすら「無我夢中」であることが、日によっても、月によっても、年によっても区切られることなく、のんべんだらりと引き続いてゆくのである。

これはどうも、やり切れない。つまり「無我夢中」は、それだと判断を誤るから中断しなければならないのではなく、そうしなければメリハリある生活を送れないから、中断しなければならないのだろう。「流れる」時間を、「積み重ねる」時間に置き換えるために、「無我夢中」から、人は時に覚めなくてはいけないのだ。

不言実行

何も言わずに、黙々とやるべきことをやるという意味である。かねてより、人のありようとして極めて理想的なものとされてきたのであるが、では「やるぞ」と宣言し、その上でやるべきことをやるという、いわゆる「有言実行」はこれに劣るかというと、必ずしもそうではない。

つまり、「やるぞ」と宣言してやるべきことをやらないのなら問題だが、やるべきことはやるからである。恐らく、こうしたことの順序をいちいちせんさくする必要はないと思われるものの、最初に「有言不実行」という言葉があったものと思われる。「言うだけで何もやらない」という奴である。これがあったからこそ、「不言実行」という言葉が、対応して生まれたに違いない。

問題はここからである。「不言実行」が暫く美徳として通用する間に、当然ながら「不言不実行」というものが現れる。これは「有言不実行」と比較して、何となく非難しにくい。「そんなこと言ってないよ」と言われてしまえば、それまでだからである。

「有言実行」は、こうしたいきさつを踏まえて、生まれてきたものと言っていいだろう。つまり、心持ちとしては「そんなこと言ってないよ」という逃げ道を、自らあらかじめ封鎖したよ、ということにほかならない。「不言不実行」に対する、あからさまな挑戦と言っていいだろう。

いきさつがこのようなものであったとすれば、実は「不言実行」は「有言不実行」に対する挑戦として生まれたものであり、「有言実行」は、「不言不実行」に対する挑戦として生まれたものであるから、「不言実行」と「有言実行」をそのまま比較することは出来ないのである。しかし、にもかかわらず一般には、「不言実行」を「有言実行」の上位に置く風があり、「有言実行」を口にする場合、どうしてもやや言いわけがましくなりかねない。「本当は不言実行と言いたいところだけども、後でそんなこと言わなかったと逃げを打ちたくないので、有言実行とするのだが」という具合である。

特に選挙の場合、政治家がよくこれを口にする。選挙民の方は「不言実行」だってかまわないと考えているのだが、当の政治家の方が、「不言」だと「不実行」に結びつけやすいと思われるのではないかと考え、あらかじめ自らをおとしめ、「有言」を宣言してしまうのである。言ってみれば、「不実行」の可能性を、自ら認めているということにほかならない。

とすれば、自分自身を信ずるところが大である分だけ、やはり「不言実行」の方が立派かというと、そうでもない。これが歴史の奇妙なところであるが、「有言実行」という言葉が世に流布しはじめてしまうと、「不言」は「不実行」のための言いわけのニュアンスを濃くし、逆に卑怯の意味で通用しはじめてしまうからである。政治家が選挙民に「不言実行」を訴えたら、今日ではすべての選挙民にそっぽを向かれるに違いない。

「有言不実行」から「不言実行」が生まれ、「不言実行」から「不言不実行」が生まれ、「不言不実行」から「有言実行」が生まれるという、こうした過程を通じて「不言実行」も「有言実行」も、それぞれに本来の意味を失いつつある、ということであろう。「もう、どっちでもいいじゃないか」という投げやりな考え方すら出てきているのである。

もちろんここには、言葉に対する不信感というものがあるであろう。しかも、このあたりがややこみ入っているのであるが、言葉に対する不信感がありながらも、依然としてその言葉を手がかりにしなければならないという事情がある。つまり、「有言不実行」から「不言実行」が生まれたのは、まさしく言葉に対する不信感からであったが、「不言不実行」から「有言実行」が生まれた時人々は、その不信感を唱えた言葉を、あらためて手がかりにしようとしたのである。

かつて犯罪を立証するに当たって、「自白」は有力な証拠であった。それさえ取れれば何はなくとも犯罪者を犯罪者として罰することが出来たのである。しかし、今日ではそうではない。「自白」は取れたとしても、それは拷問によって無理強いされたものかもしれないし、敢えて誰かの罪をかぶろうとしているかもしれない。「物的証拠」というものがなければ、犯罪は犯罪として立証されない、ということになっているのである。

「自白調書」というものがあって、それに署名捺印してあっても何の役にも立たないのであるから、「不言」よりはいいにしても政治家の「有言」などが、ほとんど信用されなくなってきつつあるとしても、ちっとも不思議ではない。最近は、「公約」というものを書面にして、「自白調書」と同程度の信用を得ようとしているが（つまり「有言実行」ではなく、「有書面実行」である）、ともかく「自白調書」が問題にならないのであるから、「今更」という感はぬぐえないだろう。

「物的証拠」である。今日では、これがないと誰も何も信用しなくなっているのである。ということで今後「有言実行」は、「有書面実行」の段階をとばして、「有物的証拠実行」と言わなければならなくなるに違いない、と私は考えるのである。

そして、と私は想像するのであるが、世の政治家がすべて、「有物的証拠実行」を唱えはじめた時、あらためて「不言実行」が、その本来の意味を取りもどし、意義あるものと見なされることになるであろう。「不言実行」を美徳とするためには、一度そこまで堕落してみなければいけないのではないかと、私は考えているのだ。

我田引水

やや年をとっていて、田舎暮らしをしたことがあって、米作りを手伝ったことのあるものなら申し分ない。この構図は、具体的な手作業の感触を通じてよく理解出来る。つまり、水路の土手を崩して自分の田に水を導入するのであり、当然水路の水は減るから、他の田にはそれが及ばないのである。

田を囲む水路の土手が壊され、その水がいきなり田へこぼれ出す様子は、それがそうするためのものとは言え、何かしらいけないことが行われたような気がする。雨量が少なく、「水争い」が起こりかねないような場合はともかく、通常は話し合いにより、それぞれ平等に配分することになっているはずであるにもかかわらず、である。

もちろん「我田引水」というのは、自分自身の田にだけ水を入れて、他に迷惑をかけるという、極めて論理的な「悪行」について言っているのだが、実際の使われ方を見ると、もう少しあいまいな「うしろめたさ」について言う場合が多い。たとえば人は、自分自身の所属する陣営、集団、立場などを肯定して言う時、よく「我田引水めきますが」と前置きしたりするのだが、これもはっきりした「悪行」と言うよりは、そこはかとない「うしろめたさ」のニュアンスであろう。

言ってみればこの時人は、「水争い」の局面で水を独占するというよりは、こんこんと流れる水路の水を、だらしなく田へこぼし出してしまったような、もう少し説明のつかない「残念さ」というものを、念頭に置いているに違いない。つまり、かつては罰されてしかるべき「悪行」だったものが、今日ではすっかり「ちょっと失礼」と言って済ませる程度のものになってしまったのである。

もしかしたらこれは、「米作り」というものの社会的、もしくは文化的価値の低落によるのかもしれない。或いはまた、争うことを好まないという、対人関係の変化のせいかもしれない。いずれにせよ今日、「我田引水」という言葉は、恐らくかつてはあからさまに表出していたであろう「険しさ」を失い、どちらかというと牧歌的な、穏やかさを漂わす言葉になりつつあるようである。

　ところで、先日電車の中を所在なく眺めまわしていたら、吊り広告のひとつに「ジコチュー」という言葉があるのに気付いた。社会的な不作法を咎《とが》める絵に付されていたから、「自己中心主義」の意味であろうと見当をつけたのだが、そう思ったとたん、少しくドキリとした。「自己中心主義」を「ジコチュー」とするのは、「我田引水」がはっきりとした「悪行」から、あいまいな「うしろめたさ」に変化したのとは逆に、あからさまな「ののしり」であり「非難」である。

　つまり「自己中心主義」というのは、内容はともあれ単にそうである人のありようを説明する言葉だが、「ジコチュー」と言うと、明らかにそれに対する「悪意」がこめられている。私は、「我田引水」の変化を通じて、我々をとりまく対人関係が、かつてより穏やかになったせいであろうと判断したのだが、この「ジコチュー」の出現によって、考えを改めた。

　もしかしたら、かつての「水争い」のような局面での「険しさ」はなくなったものの、その反動として、人の欠点をあげつらい、一方的にののしり倒すような、「ジコチュー」という言い方が、生まれてきてしまったのかもしれない。それはそれで、一種のバランス感覚のように思えるものの、かつて「悪行」として通用した「我田引水」よりも、「ジコチュー」という言い方の方が何となく生理的に気持ちが悪いのは、何故だろうか。

極く感覚的な言い方をすれば、「我田引水」も「自己中心主義」もひとまず言葉であるが、「ジコチュー」というのは、言葉である以前に皮膚感覚に浸入してくるような気配がある。つまり、言葉として受け取り、言葉として反論する余地がないのであり、妙な言い方かもしれないが、我々にそのための距離感を失わせるのである。

そしてまた「我田引水」も「自己中心主義」も、ひとつの意味を持った形であり、その形あるものを取り扱うことによって或る「思い」を伝えるという手続きをとらざるを得ないのであるが、「ジコチュー」という場合は、形になることを惜しんで「思い」を先走りさせている感がある。確かにスピーディーで、直截《ちょくさい》ではあるが、その分だけ一方的であり、未消化感が残る。つまり、対応の手がかりがないのである。

というわけで、「我田引水」のように、その本来の「険しさ」を失った言葉もあるが、「ジコチュー」のように、生で「悪意」を表出させる言葉もその反動として生まれ、その過程で言葉の本来の機能が、失われつつあるというのが現状であろう。そしてこれは、我々の対人関係が、かつてのような「険しさ」を失い、その分だけからめてにまわっての、ひそかな「悪意」の表出に変わった事情と、見合うものに違いない。つまり、暴力沙汰が少なくなった代わりに、意地悪の仕方が巧妙になったというわけである。

「情報化社会」に入って以来だと思われるが、我が国のマスコミの論調が、どちらかと言えば「我田引水」型から「ジコチュー」型へ移行しつつあるように思われる。つまり、論理を尽くすことのまだるっこしさを嫌い、いきなりそれに対する「思い」を伝えようとするのである。そして、このこと自体も大いに問題であるが、更に気持ちが悪いのは、こうした主張のぶつけあいをくり返すことにより、我々自身が論理ではなく、皮膚感覚的な嫌悪感のみで反応するくせをつけてしまいかねない点であろう。そしてそれくらいなら、やや遠まわしな言い方になるにせよ、「我田引水」を使った方がいいのである。

一宿一飯

一見してわかりやすそうな言葉だが、その実、少しばかりややこしいニュアンスが含まれている。たとえばこれは、「一宿一飯の恩義」というように使い、「一宿」というのは「一晩の宿」のことであり、「一飯」というのは「一回の食事」のことであるから、「極めて軽い恩義」のことのように思えるが、そうではない。

どうやらこれは、博徒が使いはじめて一般化した言葉のようであり、その特殊な行動様式に基づいている。つまり博徒というものは、旅すがらどこかの親分の家に草鞋《わらじ》を脱ぐと、生涯忘れてはならないほどの恩義を受けたと思わなければならないものらしい。「縁」としては決して深くはない間柄であるが、にもかかわらず「重い恩義」がある、というわけである。

もしかしたら旅をする博徒というものは、何か不始末をして逃げているか、誰かに命をねらわれており、それを泊めてやるということは、出来事としては「一晩の宿」を貸し、「一回の食事」を与えることにすぎないものの、「命を救ってやる」と同様のことだったからかもしれない。博徒にとってのそれと、我々普通人にとってのそれとでは、意味が違うのである。

従って我々が使う場合正確には、「一宿一飯の恩義」とそのまま言ってしまうのでなく、「かつて博徒が『一宿一飯』と言っていた恩義」と言い直した方がいいかもしれない。でないと、若いころ一度そいつの家に泊まって飯を喰わせてもらっただけで、長じて借金の申し込みをされ、断ると「一宿一飯の恩義と言うじゃないか」と、嫌味を言われかねない。我々は博徒ではないのであるから、そんなに切羽詰まった状況で人の家の世話になることなど、めったにないのである。

ところでこの言葉には、この上でもうひとひねりしなければならないニュアンスが含まれている。確かに当時の博徒にとっては、「一宿一飯」というのは重要な意味を持っていた。それによって、命が救われるかどうかという内容の事柄だったのである。しかし、ではすべての博徒がその意味でこの言葉を口にしていたかと言うと、そうではない。「たかが一晩泊めてもらい、飯を喰わせてもらっただけの恩だが」という使い方も、決して少なくはなかったのである。

ただ、我々と博徒との違いは、「そうであるからそんなものは恩義でも何でもない」というのではなく、「そうであるがあくまでも恩義は恩義である」となる点にある。つまり、その内容が重いから恩義を感ずるのではなく、その内容は軽いけれども恩義であることを無視するわけにはいかないということであり、そこに博徒は博徒としての心意気を示そうというのであろう。

そしてこの場合我々は、やはり「一宿一飯の恩義」とそのまま言ってしまうのではなく、「一宿一飯ではあるけれども、それに対してかつて博徒が感じとった恩義」と言い直すのが正確、ということになるであろう。つまり、このあたりのニュアンスは、かなり微妙なのである。

ただこの「一宿一飯」という言葉が、旅をするものにとってのものであることは、言うまでもない。「定住民」ではなく「漂泊民」のための言葉であり、かつて「無宿者」というのがほとんど「犯罪者」の意味で口にされ、「よそもの」というのがこれまたほとんど

「排除すべきもの」の意味で口にされていた当時、それらの人々にとってこの言葉が、今日では考えられないほどの安らぎをもたらすものであったろうことは、想像に難くない。

当然ながら「一宿一飯」を与える側の人間は、「定住者」であり、どこからともなく流れてきた「無宿者」や「よそもの」に対しては、用心して排除すべき側のものということになる。従ってこれらの人々に、たとえ「一宿一飯」であれ与えることは、大いなる冒険であり、勇気のいることであり、非日常的な行為ということになる。

つまり、この場合の「一宿一飯」は、「少なくとも一晩泊めて下さり、一回食事をさせて下さった」という意味のそれであり、「すみませんが、もう暫く泊めて下さり、食べさせて下さいませんか」という申し出を断ったという意味のそれではないのである。言ってみれば、これは恩義の上限であり、下限ではないということだ。

このあたりのニュアンスも、今日となってはなかなか理解してもらえない。いつかどこかで、「彼には君、一宿一飯の恩義があるんだから」「いやいや、一宿一飯どころか、何十宿何百飯の恩義がありますす」という会話を小耳にはさんだことがあるが、これが「一宿一飯」という言葉の、明らかな誤解であることは、前述のいきさつを読めばおわかりいただけよう。

もちろん今日では、「無宿者」や「よそもの」に、かつての「無宿者」や「よそもの」が抱いていたような排除感がないから、「一宿一飯の恩義」と言った場合の、形而上的側面が感じとれないのである。「一度泊めてくれて、一度食べさせてくれた」という、形而下的側面しか感じとれないから、それを重大視しようとすると、勢いその数を増やさなければいけないと考えてしまうのだ。

ところで、何度も言ってはひっくり返してみせるようで恐縮だが、それでは「一宿一飯」というのが形而上的な事柄について言っているのかと言うと、必ずしもそうではない。言葉通り形而下的な「一回の宿」と「一回の食事」のことを言っているのであり、ただそれを成立せしめた状況の中に、形而上学が働いているに過ぎない。ともかく「一宿一飯」というのは、なかなかにややこしい言葉なのだ。

飛耳長目

「耳が飛び、目が長い」というのであり、遠くのものまでよく聞こえ、見ることが出来るというのであるから、意味としては大変わかりやすいものと言っていいだろう。「鼻が参加してないじゃないか」と言われそうだが、これはしょうがない。かねてより情報というものは、もっぱら音と映像によって解読してきたのであり、「嗅いでみる」というのは、冷蔵庫の中の煮物が傷んでないかどうかを確かめるため妻が夫にやらせるというような、極く特殊な場合だけなのだ。

「壁に耳あり、障子に目あり」という言葉があるが、ここにも鼻が参加していないことにお気付きであろう。もし「嗅ぐ」ということが情報収集活動において必要欠くべからざるものであったら、当然これは「欄間《らんま》の下には鼻がある」と続かなければならない。もちろん、「壁に耳あり、障子に目あり」という言葉は、ここで切ってしまうにはやや物足りない感じがしないでもないから、かつては「欄間の下には鼻がある」と続けられていたのかもしれない。ただその後、「匂い」の情報価値が低いことに気付き、後半を切って使うことになったのである。いずれにせよ、「匂い」はいらないのだ。

ところで、「飛耳長目」である。これだけ意味もわかりやすく、字も難しくないものの組み合わせでありながら、何故か今日、ほとんど使われていない。テレビや新聞というのが、今日使われている言葉の一番の流通現場と言えるが、私自身今のところ一度も、そこにこの言葉が出現した例を知らないのである。

もちろん、いざ使うとなるとどう使っていいかよくわからない、ということもひとつある。「あの人の飛耳長目にはあきれるよ」とでも使うのだろうか。そしてまた、字そのものもありふれたものであり、読み方もさほどひねったものではないにもかかわらず、音から文字をとっさに思いつき難い、ということもある。「ひじ」と言われて思い浮かべるのは「肘」であり、「ちょうもく」と言われて思い浮かべるのは「鳥目」つまり「お金」である。もしかしたら「肘にするお金」つまり「はした金」のことと思われてしまうかもしれない、というわけだ。

ただ、それだけではないだろう。やはり一番の問題は、ここへきて我々自身が、襲来する有り余る情報をもて余しはじめた、ということではないだろうか。「耳を飛ばしたくない」のであり、「目を伸ばしたくない」のである。私の知人で、テレビがニュース番組になったとたんチャンネルを変えるものがいる。「神経に触る」と言うのである。自分自身の力の及ばないところで、どうしてやることも出来ない事柄について知らされても苛立つばかりだ、というこの気持ちはわからないでもない。

「国境の外側で生じた事柄については、少し映像がかすむようにしてもらえないだろうか」という切実な願いもある。アフリカの難民収容所の飢えた子供たちの、顔にたかるハエまでありありと映し出され、手を伸ばせば届くような感じを持たされてしまったら、確かにやり切れない。ことさらそれに対する責任を回避したいというわけではないものの、それに囚われて、身近な悲劇を見逃してしまうということも、あり得るのである。

「遠近法」というものがある。遠くのものは遠くに見え、近くのものは近くに見えるという画法のことであるが、同時にこれは、我々自身がこの世界のどこに、どのように存在しつつあるかを確かめるための、秩序感覚にもなっている。そして「飛耳長目」はこれをくつがえすのである。確かに「遠近法」をないがしろにし、遠くのものが近くのもののようによく聞こえ、見えることは便利であるが、それまで我々自身を我々自身たらしめていた秩序感覚が、それによって狂わされはじめたということを、ここへきて気付かされたということであろう。

いわゆる「情報化社会」というものがはじまった時、「今後は我々ひとりひとりが、かつての王公が保持していた情報以上の情報を、持つことになるのである」という言われ方がされた。恐らくその通りであったろうと思われる。しかし、同時に、かつては王公だけが感じとってしかるべきであった不安をも、我々ひとりひとりが感じとらされることになるとは、言われなかったのである。つまり、アフリカの難民収容所の飢えた子供の映像を見ることにより、我々はそれに対する直接の責任まで、背負いこまされるというわけだ。

「飛耳長目」の人気が、ここへきて急激に失われつつあるのは、こうした理由もあるであろう。むしろ「耳を塞《ふさ》ぎ」「目を背け」たい人々の方が増えつつあるのである。しかも、かつて情報は、こちらから進んで聞きに行き、見に行くことでしか得られなかったのであるが、従って「飛耳長目」は得がたい能力とされていたのであるが、今日ではそうではない。情報は、向こうから襲来するのであり、「耳を塞い」でも、「目を背け」ても、すき間を見つけて我々の中に侵入してこようとするのである。

「引きこもり」という症状は、こうした事情によって起こされたものであろう。事態はかなり深刻と言えよう。「飛耳長目」から「塞耳背目」となり、遂に「引きこもり」にまで至った、と言えるからである。つまり、「情報化社会」がはじまって以来、我々は限りない後退戦を強いられているわけであるが、もちろん、ここで踏みとどまって、攻勢に転ずる方法もないわけではない。

「嗅覚」と「皮膚感覚」の復権である。かつては、有効でないとされて切り捨てられたこの感覚を復活させ、これによってのみ情報を収集するのである。これのいいところは、距離感覚を狂わせない、というところであろう。犬と同じであるが、犬は「引きこもり」をしない。

多生之縁

これを四字熟語とすることには、ややためらいがある。ひとつには中に「之」が入っているからである。「漁夫之利」など、ほかにもこの種のものはあるが、「之」は「の」であるから、一語欠けている感じは否めない。

そしてまたこれは、「袖振り合うも多生之縁」という言われ方で知られているものだが、私の見聞するところ、他の使われ方というものはほぼない。しかもこの「袖振り合うも」の六字があって、はじめて意味を持つのである。従ってこれは、この六字を加え「十字熟語」とすべきものではないかと、私は考えているのである。

しかも試験に出された場合、この四字熟語ほど間違いやすいものもない、と言っていいだろう。言うまでもなく問題になるのは「多生」のところであるが、ここには代わり得るありそうな語句が、「他生」「多少」「多照」「他称」とこれだけあって、細かいことにこだわらないものが「多情」をつけ加えると、五つにもなる。その上、このそれぞれがそれぞれに、曲がりなりにではあっても意味を成すのである。

「他生之縁」とするものは、最も素養のあるものと言っていい。「他生」というのは前世のことであり、「生前に結ばれていたかもしれない縁」のことであるから、この縁の特質をよく言い当てている。試験官にどう判断されるかわからないものの、もしペケになったら訴訟を起こしたくなるくらいであろう。

「多少之縁」というのは、極めて単純な間違いであるが、これを「袖振り合うも」と結びつけて考えると、「袖が触れ合っただけでも、ちょっとした縁よ」ということになって、何となく納得させられてしまうのである。十字熟語としては、恐らく多くのものがこう考えているであろうから、一笑に付すというわけにはいかない。

もちろん、「多照之縁」もしくは「他称之縁」というのは、考えすぎであろう。「多照」というのは「日当たりがいい」ことであるから、「日陰でこそこそしたことのない、おおっぴらな縁」ということになり、「他称」というのは「他の呼び方」というのであるから、

「通常ではない、思いがけない縁」ということになり、それぞれ意味が通らないことはないものの、ずれている点は否めないのである。

「多情之縁」が論外であることは、私にもよくわかっている。「多情」は、「多情多恨」でも知られているように、どう見ても「たじょう」であり「たしょう」とは読めないからである。しかしこれも、「袖振り合うも」の六字と組み合わせてみると、なりゆきとして考えられないわけではない。つまり、痴漢である。満員電車の中で「触ったでしょう」「いや、触ってない」といういきさつをくぐり抜けてきたものが、後に「まあ、その気があったことは事実なんだが」と反省している図である。こう考えてみると、間違いは間違いなりに、これも捨て難いものと言えるであろう。

ともかく、これだけ間違いを誘発する要素があるということは、原型である「多生之縁」が、意味としてまだはっきりとは確かめられていないせいであると考えざるを得ない。「タショウノエン」という「音」から、「他生」もしくは「多少」を暗に想定し、「前世からの縁」もしくは「ちょっとした縁」という意味を当てはめ、さほど「見当違い」と思われることもなく通用させることが出来てきた、ということもあるかもしれない。

ここで「多生」の意味が確定され、それが「他生」とも「多少」とも明らかに違うことが判明したら、以後間違うこともなくなるのである。というわけで「多生」であるが、私の判断するところこれは「多次元宇宙」の考え方からきた言い方である。

「多次元宇宙」というのは言うまでもなく、前世、現世、後世とつながるこれが一本線ではなく、多元的によじりあっているという考え方であり、早い話が、現在を形造った過去は必ずしもひとつではなく、現在がやがてそうなる未来も、必ずしもひとつではないということである。つまり、そうした状況における「縁」ということだ。

「前世の縁」とされる「他生之縁」と似ていなくもないが、この場合の「前世」は極めて明確に「現世」と連続しているから、もしその気になればその「縁」の様態を、何らかの方法で確かめられないとは言えない。しかし「多生之縁」の方は、そのあたりが不連続であるから、確かめようがないのである。

というわけで「他生之縁」と「多生之縁」では、その「縁」の頼りなさにおいて、後者の方がはるかに大きい、ということが言えるのだが、これに「袖振り合うも」の六字をつけ加えると、かなりその意味することが違ってくる。

つまり、「袖振り合うも他生之縁」ということになると、「現世で、道を歩いていてちょっと袖が触れただけのことでも、前世からの因縁によるものですよ」ということになって、

「縁というものの大切さ」を教える言葉になるが、「袖振り合うも多生之縁」ということになると、その「縁」の頼りなさを通じて、むしろ「多次元宇宙というもののとめどもなさ」を伝える言葉になるような気がする。

もちろん、現代は人口が多くなったせいか、せまい所に人々が大勢つめかける場合が多くなったせいか、「袖が触れ合った」くらいのことでは、誰も何も感じない。満員電車の中では、他人の足を踏んだり、肘で思いきり脇腹を突いてしまっても、「失礼」と言って済ましてしまうのである。「縁」という言葉も、もう少し突っこんだ関係にならないと、念頭に浮かばなくなったのであり、その点からもこの言葉の効用は、失われつつあるのかもしれない。

日常茶飯

「日常茶飯事」と、五字にして使う場合が多い。当たり前に茶を飲み、当たり前に飯を喰うような、通常の出来事について言う。言うまでもなくこれは、生活の中で茶を飲んだり飯を喰ったりすることが、最もあり得てしかるべきことであり、疑問の余地のない出来事であることから、思いつかれた言いまわしであろう。

確かに、かつてはそうであった。茶も飯も、特別な日を除いては、変わりばえのしない決まりものが供されたのであり、人々はそれをことさら美味いとも思わず不味いとも思わず、そうしたものだと考え、ほぼ儀式のように飲み喰いしたのである。食卓での礼儀作法は厳《きび》しく、「おしゃべり」も「笑い」も禁じられていたから、文字通りそれは儀式だったと言っていい。

しかし今日、様相は大きく変わりつつある。もしかしたらそれは、第二次大戦後大量に移入されたアメリカナイズされた文化の、たとえば「栄養学」なるもののせいかもしれない。「蛋白質《たんぱく》が足りないよ」というコマーシャルがあったが、ひとまず我々は「乳製品を多く摂取する」ことを、至上命令のように言われはじめたのである。

もちろんこの内容は、時代ごとに変化する。「塩分の摂り過ぎに注意せよ」とか、「緑黄色野菜を多く摂れ」とか、「コレステロールの蓄積に注意せよ」とか、「ビタミン剤を服《の》め」とか、そのうちにＰＣＢなど公害問題が出てきて、「あれが危ない」とか「これが危ない」とか言われはじめるし、それがひとくぎりつくと（別に解決したわけでもないのだろうが）今度は「狂牛病」だの「鳥インフルエンザ」だのが出てくる始末である。

おわかりであろう。今日、最も日常的であるべき飲み喰いの場面が、生死に関わる非常事に変わろうとしているのである。「いただきます」と言って、出されたものを黙々と飲み喰いしていればいいというわけにはいかない。「おい、この牛は確かに国産なんだろうな」と、点検する必要があるのである。

その上、家庭によっては食卓に、箸や茶碗や皿や調味料のほかに、計算機が並んでいる場合がある。つまり肥満対策として、出てくる食べ物のカロリー計算をしなければならなくなったのであり、それをしないことには飲み喰いが出来なくなったというわけだ。そしてこの肥満対策も、単に美容のために「太りたくない」という段階から、「肥満は成人病の原因となる」という、生死の問題にすりかわりつつある。

「日常」と「茶飯事」が、なかなか結びつきにくくなってきているのは、そのせいと言えよう。「茶飯事」は、それによって生死を左右される「非常」となったのであり、人々は意を決してそれに取り組まざるを得なくなっているからである。

というわけで現在、「日常茶飯」対策委員会は（もちろん、そうしたものがあったらの話だが）この点について改正の方策を練らなければならなくなっている。「茶飯事」の代わりに、もっと日常的な出来事を見つけ出し、それをここに当てはめようというわけである。

委員会は紛糾した（もちろん正確にはそうした委員会があって、改正の方策を練ったとしたら、紛糾したであろう、という意味である）。あらためて考えてみると、我々の日常というものを形造る日常的な出来事というものが、ことごとくそうではないものに変わってしまっているからである。

当初、誰しもが思いつくように「睡眠」ということが考え出された。誰でも或る時間は眠るのであるから、これこそ日常を形造る最も日常的な出来事と言えなくもない。しかし今日では、必ずしもそうは言えないのだ。「不眠症」ということがあり、「睡眠薬」を用いるのは特殊な例だとしても、寝具にそれらしいものを用意したり、眠る姿勢に工夫をしなければならなかったり、たとえ眠れたとしても、「見た夢を、目覚めた時にすぐ記録しておく癖をつけましょう」という、心理学者の忠告があったりする。それから我々の潜在意識が探り出されたりするというわけだ。

という過程を経て、最後に選び出されたのが、かなり思いがけないことに「性交」という言葉だったのである。誰しもが、「えっ」と思われるであろう。「茶飯事」と呼ばれる出来事と違って「性交」は、少なくとも何年か前までは、最も「非日常的な出来事」と見なされていた。日常的な所作事がすべて終了した時点で、日常的な環境を脱け出したところでそれは行われていたからである。

しかし今日、事情は大きく変わったと言わざるを得ない。言うまでもなくそれは、「性交」というものが必ずしも我々の「生殖活動」に関わるものではなく、「快楽」を追求するものになったという点にも、一因があると言っていいだろう。変な話だが、「快楽」を追求するためには「性交」は背徳的でなければならず、背徳的であるためには「性交」を非日常的な現場から日常的な現場へ持ち出した方がより刺激的であると考え、それを日常化するに至った、というわけである。

もちろん、日常化しそれに馴れることによって「性交」は、すっかり背徳的なニュアンスを失ってしまったのだが、それは別の問題である。ともかく、そうした過程を経て今日の「性交」は、かつての「茶飯事」と同様か、もしくはそれ以上に「当たり前」のことになってしまった。現に「日常茶飯」対策委員会が、「茶飯」の代わりに「性交」を用いることにしようと提案しても、さしたる波風は立たなかったのである。

というわけで間もなく、我々がかつて馴れ親しんできた「日常茶飯事」という言い方は、「日常性交事」という言い方に変えられて流布しはじめることが予想される。それによって本来の意味を取りもどすことになると思われるが、ひとつの問題は、こうすることで「性交」が、ますますその刺激的要素を失うのではないか、ということである。

羽化登仙

酒などを飲んで陶然とした気分のことを言うらしいのだが、文字通りに解読すれば「羽が生えて仙境に登る」のである。「仙境」というのがどういうところかよくわからないものの、天使のように背中に羽をつけてそこへ登ってゆく気分は、「悪くないだろうな」という気がする。

酒を飲んでこうした気分が味わえるのなら結構なことだが、世の酒飲みたちを見ていると、飲み方に問題があるのか、なかなかこうした境地には達していないようである。禁制の大麻に手を出したり阿片に手を出したりするのは、こうした衝動の高じたものなのであろう。それはそれで理解出来ないではないものの、「羽化登仙」への過程がスムーズに保証されているものほど、「シッペ返し」が恐ろしい、ということがある。

「飲み方」にさえ熟達すれば、大麻ではなく煙草でも、酒ではなくて水でも、「羽化登仙」の気分になれると言うものがいる。ただし、これに熟達するための修業が並たいていのものではないのだ。そんな修業をするくらいなら、「羽化登仙」なんかあきらめてもいい、というくらいのものなのである。

ところで、「羽化登仙」のための第一段階は「羽化」であり、「羽が生えて飛ぶ」もしくは「浮く」ということであるから、ひとまずはこれを達成しようという試みも、多々なされてきた。蒲団《ふとん》などもそのひとつと言えよう。寝る時に敷く蒲団も、座る時に敷く座蒲団も、床に直接押しつけられるのではなく、「浮いてる感じ」を保証しようとするものに違いないからである。

スカイ・ダイビングやバンジー・ジャンプも、あれは「落ちる」ものであるから「羽化登仙」の「登仙」と反し、従ってそれと全く関係ないものと思われがちだが、そうではない。「落ちる」過程だけを保証し、「落ちる」という結末を否定しているのであるから、「登仙」はともかく「羽化」は体験されているのであり、これも切り離された「羽化」への試みと言えるであろう。

こうした場合、我々はすぐ飛行機のことを考えるが、あれはほとんど関係がない。ライト兄弟の時代はともかく現代の大型ジェット機の場合は、離陸の瞬間ほんのちょっとその気がするだけで、後はただせまい箱の中に閉じこめられた感じがあるだけだ。「飛んでいる」ということを確かめさせる最も素朴な感触である「ふわふわ」という手応えがないせいである。

ロケットに乗って宇宙空間へ飛び出し、地球の重力圏を脱け出した状態が、最も理想的な「羽化」であると言われており、現代の子供たちがそろって宇宙飛行士に憧れるのはそのせいであろう。つまり我々の最先端技術は、かなり古くさい理想を達成するためのものだったと言っていい。ただし、この理想的な「無重力状態」から次に何をすればいいのかというと、これがどうもはっきりしないのである。宇宙飛行士たちは空中に浮いたまま宙返りをしてみせたり、これも空中に浮いた水を飲んでみせたりしてくれるが、ただそれだけのことなのだ。

「登仙」という、次に到達すべき「仙境」がはっきりしないせいである。「羽化」というものは「どんな風にいいのか」ということを体感出来るから、最先端技術でこれと同様の「感じ」を作り出すことが出来るが、「仙境」の方は「どんな風にいいのか」ということがさっぱりわからないから、如何に最先端技術を以てしても、どう作り出していいのかわからない、というわけである。これが、今日の問題と言っていいだろう。

このまま問題を放置しておくと、どんなに向上心に富んだ宇宙飛行士だって、いや向上心に富んでいればいるほど、「ただ浮いているだけじゃないか」ということになり、「やってられないよ」という気分にも陥りかねない。ただ「浮いているだけ」だったら、人体より比重の大きい水の中に飛びこんでもその気分になれるし、「どうしても空中で」ということなら、飛行機を高空に飛ばして一時的に墜落してみせることでも、同様の状態を作り出すことが出来る。現に、そのようにして一般人に、宇宙飛行士と同様の「無重力状態」を体験させようという商売があるのだ。

「仙境」である。これがどういうものであるかがはっきりしないと、「羽化」もまたそれ自体のものとして終わってしまい、「何だ、こんなことか」ということになってしまう。現文明は宇宙飛行計画を更に発展させるためにも、向上心のある宇宙飛行士をこれ以上退屈させないためにも、是非とも「仙境」の内容を明らかにしなければならない段階に来ているのであるが、これがどうもはっきりしない。通俗的に知られているところによると、そこには仙人（書画によると、おおむね男で、年をとっており、身なりは貧しい）が棲息しており、詩歌や絵画にいそしみ、霞を喰って生きている。つまり、生物的な生命活動から離脱したイメージであるが、これが「どんな風にいいのか」ということになると、首をかしげざるを得ないであろう。

ただ、これは東洋風のイメージであるが、同様のことを西洋では、「イカロス伝説」として語り伝えられているのに注目していいかもしれない。イカロスもまた「羽化」したのであるが、「登仙」を果たそうとして神にとがめられ、墜落するのである。つまり「登仙」には危険が伴い、罰が予定されているのであり、その先には「死」があるのである。

ということと考えあわせると、実は「仙境」というのは「死」の世界であり、ただし西洋のように、罰として下された「死」ではなく、赦《ゆる》された「死」であるらしい、ということがわかる。そうなのであろう。「仙境」が「どういう風にいいのか」ということがわからないのも、そのせいである。死んでみないとわからないのだ。

軽佻浮薄

かつては人をおとしめて言う言葉だったものが、今日では逆に評価する言葉になっている、というものがいくつかある。「軽佻浮薄」もそうである、と言いたいところだが、これはまだそこまでいっていない。

「あいつは軽佻浮薄でね」と、否定的に言う場合は少なくなったものの、まだ肯定的に、賞賛して言う言葉にはなっていないということである。そのあたりで「軽佻浮薄」は、どう扱われていいかわからずに、徒《いたず》らに使用頻度を減らしている、というのが現状だろう。

或いはまた、現今の社会環境、もしくは対人関係のありようから見て、必然的に「軽佻浮薄」なふるまいを要求され、その方が有効であることを知りつつ、かつての立居振舞の美学に呪縛されていて、そうであることを名乗ることにためらいを感じとっているのかもしれない。「フットワークがいい」などと、別な言い方をしたがるのである。

同じような意味のものに「変わり身が早い」というのがあって、かつては「信用ならない」というように、否定的に使われていたものが、今日では「状況に素早く対処する」というように、肯定的に使われはじめたという例がある。「軽佻浮薄」も、せんじつめて言えば同じことなのだが、漢文体の厳《いか》めしい字面のせいであろう、なかなかその立場を変えたがらないのである。

しかし、ことここに至ってはそうも言ってられない。かつての立居振舞における美学などかなぐり捨てて、率先して「軽佻浮薄」を以て自らを律しないと、この変転極まりない状況は、乗り切れなくなりつつあるからである。

かつて子供たちの間で、「ネクラ」と「ネアカ」ということが問題になったことがあった。「ネクラ」というのは根が暗いのであり、これはつきあいにくい子として嫌われるから、「ネアカ」にならなければいけないのである。そこで「ネクラ」の子は、「今日も一日、ネアカでがんばるぞ」と、毎朝決意表明をしてから学校へ出掛けた、という話があるが、我々も同様、「今日も一日、軽佻浮薄でいくぞ」と決意表明をしてから出勤しなければならない時代になったのである。

そして「軽佻浮薄」の第一の鉄則は、「考えることなく行動する」ことである。第二は、「行動はリズムによって確かめられ、それは持続する」ということである。これがその通りに行われると、状況もまたその通りに対応しはじめる。

たとえば私の知人は、鼻歌を歌いながら（これは、行動をリズミカルに律するべくかなり有効な方法である）家を出、電車に乗って会社に着き、仕事を済ませて退社すると、再び電車に乗って帰宅し、自室に入ってはじめて、その机の上に定期券を忘れていたことに気付いた、という例がある。つまり自らを「軽佻浮薄」に律し切ると、状況もまた「軽佻浮薄」を装い、「定期券を持ってるつもり」の人間を、それとして扱ってくれるのであろう。

碁や将棋などの入門書にはよく、「石」もしくは「駒」を持つ前に、「打つ」もしくは「指す」べきところを考えろ、としてあるが、これがよくない。「軽佻浮薄」であるための歯切れを悪くするのは、多くの場面で言われているこの種の忠告である。ともかく、状況をその場その場で区切り停止させて考えるのではなく、相手とのやりとりをひとつの流れと見て、その流れを流れるままにどうにかしようとした方がいい。

同じ入門書のやや上級編に、「二手の読みではなく、三手の読みを」というようなことが書かれているが、これは傾聴するに価するものと言っていいだろう。つまり、「こっちがこう指すと、相手がこう指す」と、そこで読みを打ち切るのではなく、「こっちがこう指すと、相手がこう指すから、そこでこっちがこう指す」と、そこまで踏みこむ。思考が二拍子ではなく、三拍子になるのであり、やってみるとわかるが、「イチ、ニ、イチ、ニ」という思考はその度毎に区切れるが、「イチ、ニ、サン、イチ、ニ、サン」という思考は、自然に次につながり、流れとなる。

しかも「軽佻浮薄」のベテランは、この三拍子のリズムを「ひょいの、ひょいの、ひょい」という言葉で表現する。別に口に出して言うわけではないが、心の中で自らにそう命ずるのである。これは、言うまでもない、そのひとつひとつに意味を見出し、思考をこらそうというのを防ぎ、「ひょいの、ひょいの、ひょい」というリズム、もしくは流れの方に思考をこらそうという工夫にほかならないのである。

「軽佻浮薄」を以て自らを律しようとする場合、最も難しいのはこの三拍子のリズムを身につけ、思考と行動を分けて考えるのではなく、「行動が思考である」と、それを統一的に考えることである、と言われている。農耕民族は「イチ、ニ、イチ、ニ」と二拍子のリズムで歌い、踊り、騎馬民族は「イチ、ニ、サン、イチ、ニ、サン」と三拍子のリズムで歌い、踊ると言われている。もしこれがその通りなら、我々は今日、農耕民族であることから騎馬民族であることへ、変更を促されつつあるのである。

今日、知性は運動神経である、と言われている。特に「情報化社会」と言われ、これだけ多種多様な情報の襲来の中に立たされていると、その感を強くせざるを得ない。いちいちそれを吟味して、整理し、秩序正しく並べ替えている余裕はないのである。ただ「よける」か「受けとめる」かなのだ。つまり、「ひょいの、ひょいの、ひょい」という、いわば運動神経が物を言う世界なのである。もしかしたら、ニュートン力学の世界から、今漸く、アインシュタイン力学の世界へ、変わりつつあるせいかもしれない。そこでは、「軽佻浮薄」こそが智恵なのである。

色即是空

「空即是色」と対にして使うことになっているらしい。こっちから行ってあっちから戻り、何となくわかったようなわからないような気分になる、という仕組みである。ただ一般には「色」を「色模様」のことと見なし、「色だの恋だのというものは、しょせん空しいものなのだよ」という意味に使われることが多い。

哲学的なニュアンスは消えて、わけ知りの「横丁の御隠居さん」の人生訓のように聞こえてしまうが、だからと言って本筋から大きくはずれているとも言えないのである。この「空しいものだよ」という言い方の中には、御隠居さんの「だからやめなさい」という思いと、それを聞く当人の「にもかかわらず、それしかない」という思いが交差しているからである。つまり、「行って、帰って」きているのだ。

というわけであるから、ここであらためて「色」についてあれこれせんさくするのはやめて、これを「色模様」もしくは「色恋沙汰」として話を進めてみよう。「色恋沙汰」というのは、「色模様」というものの、やや乱調気味のものを言う。

たとえば「色模様」というものは、「結婚」という制度に導入されることによって「空」ではなくなる、という建て前になっているのであり、どんなに心配性の「横丁の御隠居さん」も、それで「ほっと胸をなでおろす」ことになるのであるが、もちろん「色即是空、空即是色」の「行って帰る」法則に従えば、そこで終わりということにはならない。「空」ではなくなったとたんそれは「色模様」でもなくなるわけであるから、「結婚」は「結婚」として、「お隣りの奥さん」とか「職場の同僚」とか「飲み屋のお姉ちゃん」とか「昔の恋人」とか「街角の姫君」とかに、新たな「色模様」を求めたくなるからである。そしてこの段階のものを「色恋沙汰」と言う。「沙汰の限り」という言い方があるように、ここまでくると、「模様」であることからややはずれるのである。

言うまでもないことであるが、わかりやすくするためにもう少し話を進めると、この「色恋沙汰」によって「結婚」が破綻し、破綻の原因となった女性と「結婚」すると、またまたそれは「空」ではなくなり、論理のしからしむるところに従い、彼はまた新たな「色恋沙汰」を求めはじめるというわけである。「一度やってもうこりているんだから、結婚なんてするなよ」と、「色即是空、空即是色」の「行って帰る」法則になじまないものは言うが、そうではない。一度この法則のとりこになると、とめどもなくその過程に引きずりこまれないではいられないのである。

もちろん、「女が悪い」と言うものもいる。こうした「色模様」だの「色恋沙汰」だののような「空」の「空」たるものに女性の方が耐えられなくなるのであり、従ってそれを「結婚」というわかりやすい形式に固定したがる、というわけだ。しかし、公平に見て男性にも、そうした同じ衝動が働いていることは否定出来ない。「色模様」と「色恋沙汰」の完成形というものが、今のところどうしても「結婚」という形に収斂されざるを得ないのであり、それに熱心になるあまり、そこを目指さざるを得なくなるからである。

そしてまた、奇妙な話ではあるものの、「結婚」してはじめて、「色模様」もしくは「色恋沙汰」の、本当の良さが理解出来た、という男女は意外に多い。つまり、「空」たらざるものをかたわらで確かめつつの方が、「空」である「色模様」もしくは「色恋沙汰」の、「空」であることの良さが、より深く理解出来る、ということであろう。離婚したものがまたしょうこりもなく「結婚」するのも、その方が更なる「色模様」もしくは「色恋沙汰」を求めるべく、はずみがつくからである。

ということで、「結婚という制度そのものをやめてしまえばいい」という考え方も、解決策にはならないことがおわかりであろう。国家が管理する「結婚」という制度がなくなったとしても、人々はより良い「色模様」もしくは「色恋沙汰」のために、市民管理による「結婚」を作り出してしまうに違いないからである。

ただひとつ考えられるのは、「色模様」と「色恋沙汰」の、「結婚」によらない完成形を考え出すことである。「結婚」というのは、「色即是空、空即是色」という「行って帰る」過程における、いわば「折り返し点」であるから、そのようなものではない完成形が考え出されたら、もしかしたら人々は永遠に折り返すことなく、それこそ全員が哲学者となって、「空」の「空」なる彼方へ、とめどもなく突き進んでいくことになるかもしれない。

そして実は、これに類する完成形が、ないことはないのである。ことさらここで新しく考え出す必要はない。我が国に古くからあり、現にそうした完成形を目指した先達が、何人もいる。おわかりいただけた方にはおわかりいただけたであろう、「心中」である。古くは「相対死《あいたいし》」とも言う。

これは、ちょっと点検してみれば誰にでもわかる通り、「色模様」「色恋沙汰」の完成形としては、「結婚」よりも優れている。つまりこれは「折り返し点」ではなく、「ゴール」だからである。「行って帰る」のではなく、「行きっぱなし」なのだ。

ただし、欠点もある。二人共ここで生命活動を停止しなければならないのであるから、当然ながらそれに伴う決意というものが要求される。しかも、生命活動を停止するための決意というものは、生命活動を維持しているものにとっては最大のものと言えようから、よほどのことがないと発動出来ない。そんなことなら、「色模様」とか「色恋沙汰」など、あきらめた方がいいくらいのものなのだ。

鶏口牛後

「むしろ鶏口となるも、牛後となるなかれ」という言葉をつづめたものである。そして一般には、「牛の尻尾のように、大きな集団の末端についているよりは、鶏のくちばしのように、小さな集団の先端に立っている方がいい」と解されており、それはそれで間違いではないものの、微妙なところでちょっとした喰い違いが生じかねない。

恐らくこの言葉の本来の意味は、「牛の尻尾のように、大きな集団の末端についているくらいなら、鶏のくちばしのように、小さな集団の先端に立っている方がいいくらいである」というものであろう。つまり、決して「鶏口」という「小さな集団の先端」を、肯定してはいないのであり、と言うよりむしろ、「最もみっともない立場のひとつ」として例に挙げているのである。言うまでもなく、「牛後」という「大きな集団の末端」の立場を、「更にみっともないもの」とするための拠りどころにしようとしているのだ。

「あんな女と結婚するくらいなら、死んだ方がましだ」という言い方があるが、この場合の「死」は、「結婚」と比較してしかるべきものであるというのではない。そこに「最悪」のものを持ってきて、更に「結婚」をおとしめようとしているのであり、「鶏口牛後」の「鶏口」も、それに似ているのである。

従って、大企業をやめて零細企業の社長になったものを、この言葉でほめそやすのは、必ずしも当を得たものではない。確かにこれは「牛後」をおとしめる言葉であるから、「よくぞやめた」という意味にはなっても、「鶏口」をあがめているわけではないから、「よくぞなった」という意味にはならないのである。

ただ現実には、この言葉に励まされて「脱サラリーマン」を決意し、ラーメン屋の店主になって成功したものも決して少なくはない。この言葉の真意はともかく、誤解されているとは言えその効用は、無視出来ないのではないかとも言われているが、この点については、私がとやかく言う問題ではない。それは、この言葉の作者が責任をとるべき事柄である。

しかし、と私は悪あがきさながら考えるのであるが、そのようにして「鶏口」を選んだ人々も、「鶏口こそ素晴らしい」というよりは、「鶏口だがやむを得ない」という、いわば「開き直り」の要素をそこに読みとっているものが多いのであり、そうしたものたちが成功しているのではないかと思っている。「鶏口」であることに満足してしまったら、やはり成功は覚束《おぼつか》ないであろう。

ささいな考え方の問題ではあれ、こうしたことが今日、妙に気になるのは、いわゆる「フリーター」なるものが若者たちの中に、異常に増えつつある現状を踏まえてのことである。どうやらこれは、「鶏口牛後」の誤解からはじまったものではないか、と考えるからである。

一応「フリーター」というのはその名の通り、独立独歩の立場と考えられているが、現実には必ずしもそうではない。昼間はどこかの店の売り子をしており、夜は売れないロックバンドを主宰している、というように、いずれどこかの集団に身を置きながら、その「はずれ」であることで、かろうじて独立独歩であることを自負しているにすぎない。もちろん或る意味では、「牛後」であることと「鶏口」であることを、見事に共存させた方法であるとも、言えないことはない。

しかし、それはまたひとつのおとし穴でもある。「牛後」であることと「鶏口」であることを巧妙に共存させながら、自分自身ではそのつもりはなかったとしても、双方の双方たる所以のものを、それぞれに損なうことになりかねない。つまりこうした立場に身を置くものは、「牛後」であることの屈辱と「鶏口」であることの屈辱を、双方ともに引き受けるのではなく、「牛後」であることの屈辱を「鶏口」であることによってなぐさめ、「鶏口」であることの屈辱を「牛後」であることによってなぐさめることになるであろうからだ。

実は、昼間はどこかの店の売り子をしており、夜は売れないロックバンドを主宰している、という例を前述したが、事実上はかなり多くの「フリーター」が、夜は何にもしていない。「何をしようか」と考えているのであり、もしこういう言い方が許されるなら、これらは「前鶏口段階」と呼んでしかるべきものであろう。

というわけで、今日の多くの「フリーター」たちは、「鶏口」であることを保証すべくそれを目指しているというよりは、「牛後」であることの圧迫感から「はずれ」るべく、それを目指しているとしか考えられない。もちろん、ことここに至るに当たっては、企業側にも問題があったのであるから、すべてを「フリーター」の責任に帰するのは公平ではないものの、こうした風潮が、企業に限らず集団を集団たらしめつつあるメカニズムを、内部より静かに崩壊せしめつつある事実は、否定出来ないであろう。

もうひとつの問題は、「前鶏口段階」のまま「牛後」であることからの「はずれ」を確かめようとすると、「むしろ鶏口となるも」という言い方に内包された「開き直り」のニュアンスが、消えてしまうことである。「牛後」と「鶏口」は静止した関係にあるのではなく、こうしたメリハリのある関係にあるからこそ我々を刺激するのであり、この種の弾力を失ったら単なる自己正当化の拠りどころになってしまう。

ともかく、「牛後に甘んじる」時代と、敢えて「鶏口を目指す」時代とがあって、今日はどうやら後者の風潮が強いようである。それはそれでいいことだが、そこで働かせてしかるべき「開き直り」の精神だけは、失ってはいけないもののように考える。

支離滅裂

もしかしたらこの場合の「支」というのは、いわゆる「本流」に対する「支流」のことかもしれない。つまり「支離」というのは、「本流」から離れて「支流」に入ってしまうことなのである。

こうしたことはよくある。或るひとりの人物の話をしている間に、その人物に関わりのあるもうひとりの人物について言及せざるを得なくなって、その話をしながら肝心の当の人物の話を忘れてしまったりするのである。それだけならまだいい。「閑話休題」とでもつぶやいて、元の話にもどればいいからである。

「話が支流に入りがちな人」というのがいて、こうした人にとってはそれが癖になっているから、「支流」が更なる「支流」に入ってしまうことも少なくない。「スズキさん」の話をしていて、それをよりよく理解してもらうために「スズキさん」のライバルの「サトウさん」との或る興味あるエピソードに言及し、ついでにそのエピソードが発生した場所への、自分自身の旅の体験談に入りこんでしまう、という具合である。

ここで聞き手の方が、「そう言えばその場所へは、私も行ったことがあってね」と口をはさむことになれば、もういけない。「支流」の「支流」の「支流」へ入りこんで、「一体何の話をしていたんだっけ」という、いわゆる「本流」が全く見失われた状態に陥るのである。

いやもしかしたら、「一体何の話をしていたんだっけ」と我に返る瞬間は遂に訪れないまま、つまり、「本流」から「支流」に入りこんだと気付かないまま、それを「本流」と思いこみ、「やあ、久しぶりに話が出来て楽しかったよ」と言って、別れてくるのかもしれない。

この場合論理的には、「スズキさん」という人物に対する未消化感が残るはずなのであるが、単に一度「支流」に入りこんだだけなら、予定された「本流」への回帰傾向を通じてそれを感じとるとしても、「支流」が更にその「支流」に入り、という具合にこれがくり返されると、こんなものは跡形もなく消えてしまう。恐らくそうなのであろう。こうしたことを体験した後で、「ちょっと待てよ」と、立ち止まって思い返す人はめったにいない。

ただこれは、街頭で偶然に出会った二人の紳士の話、だけのことではない。我々の文明そのものが、猿のような樹上生活から地上に降り立って二足歩行をはじめて以来、「支流」から「支流」へ、またその「支流」へと入りこんで今日に至っているのではないか、と考えられないだろうか。

「そうなんだよ」と、私がこの話をすると、我が意を得たようにうなずくものが多い。「ここへきて、ふと手を休めて会社の窓から外を眺めたりした時にね、これでいいのかなと思う」。

言うまでもなくこの場合の「これでいいのかな」というのは、「こんなところでこんなことをしていて」という意味であるが、そしてこうした感慨は、かつて人類がさまざまな文明下において幾度ともなくくり返してきたことであるが、今日のそれはこれまでのそれとは少しばかり違う。

というのは、これまでのそれはせいぜい、「こんな会社にいて、こんな書類仕事をしているのではなく、海外特派員になって、各国を飛びまわっているはずじゃなかったのか」という程度のものだったのだが、今日のそれは、「地上に降りるのではなく、あのまま樹上にぶら下がっていたら」と、はるかその時代にまでさかのぼって、反省したくなるのである。

もしかしたら、「支流」から「支流」への枝分かれが余りにも重複すると、その間見失われていた「本流」への回帰傾向が、そのすべての過程を一気に飛びこえて現れるのかもしれない。そして今日が、どうやらその時期なのである。

私は「腰痛」を病み、かつて暫く例のカイロプラクティクスに通ったことがあるのであるが、そこの先生に「腰痛というのは、人間にとって普通のことです」となぐさめられたことがある。「そもそも、直立歩行をはじめたのが間違いだったんですから」というわけだ。

これを聞いて私は、我々が「支流」からまたその「支流」へという過程を、それこそ数限りなく辿ってきたということについて、腰が感じとる鈍痛のように、具体的に知ることが出来た。恐らく、「腰痛」に苦しむすべてのものが、もしこの同じカイロプラクティクスに通い、この先生からこの話を聞いたら、思いを同じくすることであろう。

もちろん、確かに数限りない「支離滅裂」の過程をはるかに思いやる手がかりは得たものの、そして何が「本流」であるかについては気付くことが出来たものの、そこに回帰するのは既に遅いと言わねばならないだろう。「ぶら下がり健康器」などという、まともにそれらしい器具は売り出されたが、そんなものに一日一回ぶら下がるくらいでは、この膨大に積み重ねられてきた間違った過程を、一気に飛びこえることは出来ない。

「この支離滅裂の過程を、更に支離滅裂にする以外にないのではないか」という意見があって、それが有効であるという論理的な説明は出来ないのであるが、どうもそうする以外にないような気もする。ただこの場合、我々が今日、「支離滅裂の過程に入りこんでしまっているらしいぞ」と予感を持ってしまって、「何とかここから脱け出さなければ」と思ってしまっており、この予感と思いが邪魔になる。これをこのままにしては、とうてい「更なる支離滅裂」へは突っこんでいけないというわけだ。というわけで今日我々は、我々が「支離滅裂」であることをありありと知りつつ、どうにも出来ないまま、じっとしている。

意馬心猿

かつて谷岡ヤスジ氏というマンガ家がいて、若くして亡くなったのだが、その作品に何故か牛が出てくる。朝になると屋根の上に登って「アサーッ」と叫んだりするのであるが、それが女性のヌードなどを見ると、いきなり鼻の穴を大きく広げて、そこから蒸気機関車の蒸気のような鼻息を吹きだすのである。

「意馬心猿」というと、とっさに私はこの図を思い出す。演じているのは牛であり、牛がそうした場面でそうしている図を見たことがあるわけではないものの、如何にもありそうな光景のように見えてしまうのである。

もちろん、谷岡ヤスジ氏描くところの牛は、いわゆる「オヤジ」の代弁者であり、下品で、好色で、乱暴で、どうしようもない「オヤジ」をなぞっているのであるから、牛にとってありそうなこととは、「オヤジ」にとってありそうなことにほかならない。つまり鼻の穴をふくらませ、鼻息を荒げる光景は、「意馬心猿」となった「オヤジ」のものとして、我々を説得するのである。

ところで「意馬心猿」というのは辞書によると、「馬が走り、猿が騒ぐように、欲情の抑えられない様」ということであるから、様態としてはまさしくこの通りのものであり、谷岡ヤスジ氏が鼻と鼻息でこれをこのように表現したのは、「さすが」と言うほかはないものの、では今日でも、これがこのまま通用するかというと、必ずしもそうではないような気がする。痴漢が横行し、駅の構内に「痴漢は犯罪です」とか「チカンはアカン」とかの標語が貼り出されているのを見ると、「欲情の抑えられない様」は依然としてあり、むしろ増加しているようであるが、今日のそれはかつてのような、鼻と鼻息で表現されるものとは、違ってきているように思えてならない。今日の満員電車の中に、谷岡ヤスジ氏描くところの牛が、鼻の穴をふくらませ鼻息を荒くして乗りこんできたら、うら若い女性は言うまでもなく、たちまち全員逃げ出してしまうであろう。

今日の痴漢は、そんなことはしない。谷岡ヤスジ氏の「意馬心猿」が、剛速球による真っ向勝負だとしたら、今日の「意馬心猿」は、変化球によるからめて戦法である。現にここへきて度々つかまる犯人は、手鏡を使ってスカートの中をのぞいたり、隠しカメラで撮影したり、というものが多い。言ってみれば、確かに馬が走り、猿は騒いだようなのであるが、被害者にはどこを走り、どこで騒いだのかすら、わからないようにされているのだ。

これを、「意馬心猿」の進歩と言うべきか、退歩と言うべきか、よくわからない。名のある投手に名のある打者が、「直球で勝負してこい」と要求し、変化球を投げられて三振に打ちとられたりすると、「逃げた」とののしり卑怯者呼ばわりする例もないではないから、退歩と言えないこともないものの、変化球というのはそのために発明された戦法なのであり、従って進歩でもあるのだ。

ともかく、事態はそのように進行しつつあり、「意馬心猿」そのものは失われていないが、「馬が走り、猿が騒ぐ」という表現は、現状にふさわしくないもののように思われる。「少なくとも、馬や猿じゃないよ」というわけだ。「どちらかと言うと、蛇やカメレオンのようだ」と言うのだが、これでは四字熟語にならないし、意味が少し変わってきてしまうのである。

と言うのは、「意馬心猿」が欲情の、心の内で立ち騒ぐ様態を示すのに比較して、「蛇」

や「カメレオン」は、その行動形態の特徴を示すものだからである。つまり、心の中の「意馬心猿」が、かつて谷岡ヤスジ氏は、鼻と鼻息の拡大という行動形態を生み出すと考え、これを現代では、「蛇」と「カメレオン」がそうするであろう行動形態を生み出す、と考えるわけであり、本体の「意馬心猿」は、ことさら動かす必要はないからである。

しかしまた、「蛇」や「カメレオン」がそうするであろう行動形態を生み出す心の状態を、果たして「意馬心猿」と呼べるであろうか、という考え方もある。確かに、「意馬心猿」だからこそ、谷岡ヤスジ氏がいみじくも指摘してみせたように、鼻の穴をふくらませ、鼻息を荒くして闇雲に突進するのであり、手鏡を用意したり、隠しカメラを持ち出したりするのは、それがもう別のものに変わっているせいだ、というわけだ。これも、一考してしかるべきことかもしれない。

だとすれば、この別のものというのは、どのようなものであろうか。それは恐らく、情というものの、「意馬心猿」と呼ばれるほど直線的に発露され、手がつけられない状態ではなく、或る企みをこらすことが出来る程度に冷静であり、にもかかわらずそれが犯罪であることを知りながら遂行するのであるから、依然として或る抑え難さも秘めているのである。

こう考えてみると、確かに「馬」や「猿」で表現出来るようなものではなさそうであるが、かと言ってそれに代わるような動物は、なかなか見つけ難い。「牛」ではどうだという意見があり、「馬」よりはいくらか陰険な感じがするものの（谷岡ヤスジ氏の牛は別として）手鏡や隠しカメラを用意するほどではない。第一、手鏡や隠しカメラを使うのは、ただ「見る」というだけのことであるから、それによって欲情が満足されるというのは、かなり文化的なことである。

ということから推察すると、この「馬」や「猿」に代わるものとしては、「人間」以外にない、ということがよくわかるであろう。「意人心人」である。つまり、人ごみの中で手鏡や隠しカメラを使う痴漢が出現した時、その行為を比較する動物なんて、どこにもいなくなってしまったのだ。「人間しかしない愚行」と言うべきであろう。

震天動地

「天をふるわせ、地をゆるがす」というのであるから、これ以上はないというほどの大事件には違いない。しかし、かつてはこの「地」を「大地」と考え、「天」もそれに見合うものとしていたに違いないのだが、今日ではどうやら「地」と言うと「地球」と考える。当然ながら「天」も、それに合わせて「宇宙」ということになると思われるのであるが、それによってこの言葉のニュアンスは、少しばかり変わったものになったような気がする。「大地がゆらぐ」というのは、「ゆらぐはずのないものがゆらぐ」という意味での「大変さ」を言うものであるが、「地球がゆらぐ」と言った場合は、「それほどのスケールの出来事である」という意味での「大変さ」を言うものだからである。「大地」より「地球」の方が、スケールの点で言えば大きいから、当然ながらこれは、このところ周辺で生起する「大変な事件」もしくは「事象」が次第に大きくなりつつあるような気がして、それとなく「大地」を「地球」に昇格させたのであろう。

しかし、とここで私は考えるのであるが、果たして昇格は成ったのであろうか。確かに「大地」より「地球」の方が大きいが、かつて「大地」を「大地」としていた当時、人々はそれを無限のものと考えていたのである。大航海時代を経て世界が丸いことを知り、人々は「地球」というスケールを得たが、実は同時に、それが有限であることも知ってしまったからである。つまり或る意味では、大航海時代以前の人々が考えていた「大地」より、今日我々の知っている「地球」の方が、スケールが小さいのである。

このことは、アメリカの宇宙ロケットが月面に到達し、そこから逆に「地球」を見返してみせることによって（我々はそれを、テレビ画面を通じて見たのだが）更に我々の実感となってしまった。以来我々は、月を見る度に、それに見返された「地球」を想定することにより、かつて地平線や水平線の彼方に思いをこらしたのとは別の、スケール感を持ってしまったのである。

しかも、「地」が「大地」であった当時の「天」は、それらすべてを律する法則性とで

も言うような、無限のスケールを持っていたのだが、「地球」に対応する「宇宙」という
ことになると、それが如何に雄大なスケールを持っていたとしても、無限ではない。かつ
ての「天」の方が、あいまいな要素を多分に含んでいるにせよ、大きいのである。

ということから考えると、同じ「震天動地」という言い方でありながら、その「地」を「地球」と考え、「天」を「宇宙」と考えるようになって以来、我々はその奥行きを失ったのである。恐らくこれは中国発の言葉であり、「白髪三千丈」でよく知られているように、敢えて誇張させた言い方にほかならないが、その誇張が、観念的には理解出来ても、体感されない。

つまりこれが、今日の「震天動地」問題である。かなり良く出来た四字熟語でありながら、その割に使用頻度が低いのは（大航海時代以前には、もっと使われていたはずだと、一部では主張されている）、そのせいではないかと言われているのである。「そんなことどうでもいいじゃないか」という意見もないではないが、「震天動地」のファンにとっては、大いに残念なことであるらしい。

というわけでこの熟語の人気恢復策であるが、さまざまに考えられているものの、今ひとつ「これだ」というものがない。当初は言うまでもなく、「震天動地」の「地」は「地

球」ではなく「大地」なのだよ、ということを宣伝これ努めたのだが、それらしい効果を上げることは出来なかった。前述したように、月面から見た「地球」の映像を一度見てしまったものは、「大地」というものが足元から目のとどく限りの彼方へ、無限に広がるものとは、どうしても思えなくなってしまっているのである。

しかも、「震天動地」と言うと「地震」のことかと思うものがいるように、「大地」というものが時には「ゆらぐ」ものであることを、既に多くのものが知ってしまっている。「プレート理論」なるものがかなり一般的に知らされ、たとえば日本列島なども、太平洋プレートに常時ゆっくりともぐりこまれており、そのはね返りがある度に「ドシン」とくるはずであることを、思いがけないほど小さな子供まで理解している。つまり、今日「大地」は、「ゆらぐはずのないもの」なのではなく、「定期的にゆらぐはずのもの」になっているのだ。

これらすべてを元に戻し、「震天動地」を「震天動地」として雄弁たらしめるためには、我々の知識を大航海時代以前にまで引き返させなければならない。その当時は情報の伝達も、今日ほどさかんではなかったであろうから、「地震」による「大地のゆらぎ」も、「めったにない特別なこと」として扱われたであろうし、その原因も、たとえば「天の怒り」

のようなものとして、理解されたに違いないからである。

というわけで、「震天動地」を言葉通りのものとして通用させることは、ほぼ不可能であることが判明したが、ではかつての「震天動地」と言うに価する「事件」や「事象」が全くなくなったのかと言うと、そうではない。それらしいことは頻発しているにもかかわらず、それらをどう表現していいかわからないでいるだけなのだ。と同時に、私はこのことの方をむしろ心配するのであるが、それらに対してどう心を動かしていいのかわからなくなりつつあるのだ。「しんてんどうち」というそのメリハリの効いた語感と、「ちょっと大げさすぎやしないか」という語調が、我々の心をほどよく刺激し、同時に鎮静化させるに有効だったことを、忘れるわけにはいかない。

暗中模索

暗闇の中を手探りで進む様を言い、これほど頼りないことはないというたとえに使われる。しかし、かつては実生活の中でいくらもこれに類する体験が可能だったのであるが、今日の特に都市生活の中では、実感を伴わない想像力によってしか、これを理解することが出来ない。

ひとまずは、「真の暗闇」というものがないからである。夜と昼の区別くらいはあるが、たとえ真夜中でも、どこかしらに明かりがあり、薄ぼんやりとであれ明かりがある以上、それは目で探る空間、ということになる。「真の暗闇」というものは、目で探ることを拒絶された空間にほかならないのだが、それが我々の日常過程から、失われたのである。

従って、今日のいわゆる「暗闇を知らない子供たち」は、「暗闇」のことを「黒」という色と考えている。実は、かつての経験に基づいて「暗闇」というものを知っているはずの我々でも、「暗闇」のない生活に馴れてしまったせいであろう、「暗闇」を「黒」と考えがちである。

或る時私は、仕事でレンブラントの画集をめくりながら、もうひとつしっくりこないことに苛立っていた。かつて私は、上野の西洋美術館でレンブラントの自画像を見、その圧倒的な量感に感動させられたのだが、画集だからとは言え、「光と影の画家」と言われるその「光」と「影」のメリハリが、伝わってこないのである。そして、気がついた。

これは感じ方の問題に過ぎないのだが、レンブラントの「影」を――つまり「暗闇」を――私は色の「黒」と見てしまっていたのだ。我々の感覚は、自然に放置しておく限り、そうならざるを得ないのであろう。かつて、「鼻をつまれてもわからない」という「暗闇」を皮膚感覚で体験し、その時の皮膚感覚を意識的に覚醒させないと、レンブラントの「影」は「暗闇」に見えないことになっているのである。

もちろん、この感覚をよみがえらせることは大変なことだ。ひとまずは目をつむって、かつて「暗闇」の中にあったことを思い出し、そこで周囲をどう感じとっていたかを確かめ、その種の皮膚感覚を意識することである。ただ、これだけではかなり頼りない。皮膚感覚らしきものは自覚出来ても、それが果たして活動しているか否かは、わからないからである。

次いで私は、演劇における「体全体で芝居をする」ための、「物の気配を感じとる」エチュードについて思い出した。これは表情だけで――つまり「首から上」だけで――芝居をしがちな傾向を修正し、それを「体全体」のものにするための訓練として、演劇界ではよく知られているものである。

難しいものではない。舞台中央あたりにテーブルのような、重量感のあるものを置いておき、その「気配」を感じとるように、かたわらを通り抜けるのである。何回かやってみると、「目で見てはいけない」ということに気付くであろう。目で見て、「あ、テーブルがある」と意識したとたん、その「気配」を感じとろうとする皮膚感覚は発動されないことになる。

初心者のためには、舞台上の照明を少し落として、ぼんやりとしかテーブルが見えないようにするのだが、これも、目ではなく皮膚感覚でそれを受信しようとするための方策にほかならない。「目を殺す」ことは簡単ではないものの、そのコツさえわかれば、次第に横腹のあたりで、テーブルの重量感を感じとれるようになる。

つまりここまでやると、レンブラントの画が、たとえ複製画であっても、違って見えてくる。違ったのは見る側の、いわば「気分」のようなものだが、その「影」の部分が、色としての「黒」ではなく、とめどもない「深み」のように見えてくるのであり、同時に「光」の部分が、常にそこから押し出されつつある、或る「力」のように思えてくるのである。

私は、エチュードまではやらなかったが、かつてやったそれを思い出し、何度も目の前のレンブラントを、見ては否定し、見ては否定しをくり返しながら、何とかレンブラントの、本来の「暗闇」を体感出来たような気がした。そして、これは大変なことだ、と考えた。

「暗中模索」という言葉自体は、さして難しいものではない。説明されれば、それがどのようなものか、論理的には誰でも理解出来るであろう。しかし、かつてこの言葉が出来た当時の、全身体験としての「感じ」は、恐らくどうしようもないのではないだろうか。私がレンブラントを見るためにしたエチュードに類することをして、今日我々が使用することをやめてしまった感覚を、よみがえらさなければ無理である。

宇宙には「ブラック・ホール」なるものがあって、そこには強大な負の重力が働き、物をすべて吸収するのだと説明されているが、果たしてそれがどんな「感じ」のものかということは、よくわからない。物理学の素人である私などが、かろうじて手がかりになりそうだと考えているのが「暗闇」であり、その「強烈な奴」というものである。そしてそのためにも、「暗闇」というものの「感じ」を、より詳細に、敏感に感じとりたいと考えているのだが、今日の状況は、その意味で極めて嘆かわしいと言わざるを得ない。

「人工の暗闇」というものなら、何とか作れそうであり、それによる「暗闇体験」が出来たら、我々の「暗闇感覚」もいくらか活性化されると思うのであるが、今日ではそれもままならない。舞台では「暗転」ということがあり、本来なら「真の闇」がそこで出現することになっているのだが、消防法により「非常灯」を消してはならないことになっているのだ。「暗中模索」は死語になるかもしれない。

画竜点睛

これはたいてい、「画竜点睛を欠く」と使われる。つまり、「欠く」ことによってはじめて意味を持つことが多いのである。

この場合は竜の眼であるが、描いてある場合はことさら気にならない。全体像を見て、「なるほど竜だ」と思うだけである。眼を示す一点を欠くことによってはじめて、竜であろうとしながら竜になり得ないでいるという、或るもどかしさのようなものを感じるのである。

欠いているのが眼の一点ではなく、頭全体なら、これまた意味が違ってくる。この場合はまだ、さほど熱心に竜になろうとしていないから、それぞれ自由にイメージをふくらませ、「もしかしたら虎かもしれないよ」などと考え、やりすごすことが出来る。

というわけでこの言葉は、組織の中の個人のあり方を考える上で、大いに参考になる。つまり組織の中の個人は誰でも、いなければ「点睛を欠く」という存在でありたいと考えているからである。

もちろん、現実にはなかなかそうはならない。病気で会社を暫く休んでいる良人が、しきりに出勤したがるのを見て妻が、「あなたがいなければ、会社がやっていけなくなるわけでもないでしょうに」と言ったところ、「だからだよ」と良人が答えた、という話がある。「そのことを、会社に知られたくないんだ」。

また、暫く病欠をしている会社員のところへ、同僚が見舞いに来た、という話もある。病人が恐縮して、「申しわけないね、私のやってたことを君が代わりにやってくれているのかい」と聞いたところ同僚が、「いや、上司に言われてそうしようと思ってるんだけどね、誰に聞いても、社で君が何をやってたのか知らないんだ」。

それぞれジョークにほかならないが、現実はまあ、こんなところであろう。いなくなってはじめて、その必要不可欠性が判明するのではなく、いなくなってはじめて、「ああ、いなくてもいいいんだ」ということがわかってしまうのである。こういうのは、「画竜点睛」

ではなく、さしずめ「画竜点曇」（「点睛」は「点晴」ではないのだが）とでも言うべきなのだろう。

しかし、とここでもう一度この点を考え直してみるのが、ゆとりある態度ということになるであろう。かつて星新一氏が何かのエッセイで、「パリの乞食」が乞食として如何に見事であるかを書き、もしかしたらパリ観光局が観光客のために、敢えて用意してそれらしい場所に配置しているのではないだろうか、という意味のことを書いておられた。「ありそうなことだ」と私も考えたのだが、もしそうだとしたらこのパリ観光局の智恵は、学んでしかるべきものと言えよう。

言うまでもなく乞食というのは、パリであれ、ニューヨークであれ、ロンドンであれ、その街頭になくてはならないものではない。むしろ、それまでいたものがいなくなると、ほっとしたりする。しかし、ニューヨークやロンドンではともかくパリでは、それがそこにいることによって、内心では「いなくなればいいのに」と思いながらも、パリという街に或る趣きをもたらしつつあることは、否定出来ない。

もしかしたら、「つけボクロ」のようなもの、と考えたらいいだろうか。顔におけるホクロは、いわば一種の否定材料であるが、敢えてそれをそこに配置することによって、他の肯定面を一層際立たせようとするのである。色が黒かったり、他に傷があったり、アザがあったりする顔には、「つけボクロ」は似合わない。ばかりか、邪魔になる。色が白く、他に何の欠点もない時、「つけボクロ」はその点を更に強調すべく有効なものとなるのである。

というわけで、「画竜点睛」の「点」としての自信がなくなったものは、パリ街頭の「乞食」的、もしくは「つけボクロ」的なあり方にその活路を見出すことが出来る、というわけである。パリ街頭の「乞食」がそうであるように、「つけボクロ」がそうであるように、ひとまずこれは何の役に立っていなくてもいいのであるから、その点で気に病むことはないのであるが、ただひとつ問題なのは周囲の人々に、にもかかわらずいることによって、全体に趣きを添えるとか、ニュアンスをかもし出すとか、思わせなければいけないということである。

言ってみれば、組織に対して一種の否定面を通じて奉仕するわけであるが、その程度には気を配る必要があるであろう。組織本来の活動の邪魔になるほど大きくてもならず、かと言って、かすりもしないようだと存在意義を認めてもらえない。

「一病息災」と言って、何の病気もないよりは、何かひとつくらい病気を持っていた方が人生をしのぎやすいという考え方があるが、この場合の持ってしかるべき病気の、「致死的ではないがわずらわしい」という程度は、大いに参考になるだろう。癌では重すぎるし、水虫では軽すぎるのである。一般には、「痔」などが適当と言われているから、「痔持ち」にとっての「痔」のようなあり方を、会社の中で維持しようというわけである。

もちろん、ことさら気に病むこともない。「画竜点睛」の「点」も、パリ街頭の「乞食」的、美人における「つけボクロ」的存在も、それだけでは存在し得ない。「点」には、それを竜の眼たらしめる他の描写が必要であるし、「乞食」にはパリの街が必要であるし、「つけボクロ」には顔の他の造作が欠かせない。そして我々の大部分は、この「その他」の役割を負っているのである。ただその重要性を、誰もがあまり問題にしないだけのことだ。というわけで、「画竜点睛」は「画竜点睛を欠く」と、そちらの方の小気味よさを言う場合が多いのであろう。

あとがき

いつかソウルへ行ったら、街頭にほとんど漢字が使われておらず、私はハングルがさっぱりなので、往生したことがあった。聞くところによると、漢字をなるべく使わないようにしようという運動があり、現在では地下鉄の駅名くらいにしか、それが見当たらなくなっているらしい。

「してみると、四字熟語もなくなってしまったのかな」と、私はとっさに考えた。果たしてそれ以前、彼地に四字熟語なるものがあったのかどうか知らないが、本書の元となる連載を続けていた時期だったせいもあり、思わず関心がそちらに向いてしまったのである。

我が国でも、もし漢字というものを使わないことにしたら、四字熟語はなくなってしまうに違いない。四字熟語というのは、書き言葉の中よりも、しゃべり言葉の中に出現する例が多いように私には思われるのであり、この場合は仮名であろうと漢字であろうと関係ないようなものの、実は我々は、しゃべりながらもその漢字で組み立てられた厳《いか》めしい文字面を、暗に思い浮かべているのであり、いわばその「手触り」を楽しんでいるのである。

四字熟語は、音にした場合の漢文調の独特のメリハリの快さもさることながら、そのメリハリを生み出す、四つの漢字の組み立てが形造る独特の質感も、捨て難い。このどちらを欠いても、その魅力は半減してしまうに違いないのである。

もちろん今のところ四字熟語は、時代の最先端を行く会話の中に、登場しているとは言えない。スピーディーに変転する時代の中で、「私は新幹線よりも、蒸気機関車が引っぱる各駅停車の汽車に乗りたいよ」という風潮の中で、その種のマニアとでも言うべきものの中で、時折思い出したように使われているに過ぎない、と言っていいだろう。つまり、仕事で東京から大阪へ行かなければならない時には使えないが、「旅をする気分」を味わうにはいい、というわけである。

そして、「スローフード」などがひそかにもてはやされはじめているように、ここへきてひところよりは、使用頻度が増えはじめているように言われる。ひとつには、我々が日常使っている言葉が、言葉らしくなくなった、ということもあるだろう。

「最近、おしゃべりをしていて、楽しくないんだよ」ということをよく聞く。私は劇作を本業としているが、劇作家仲間にとっては、これは大問題である。気のきいた会話が書けなくなったり、書いてもそれを観客に楽しんでもらえなくなったら、演劇の仕事そのものが成立しなくなる。

というわけで最近、各地方毎に方言の芝居が流行しはじめている、という事実は注目していいことであろう。

かつて近代劇では、方言は排除すべきものであった。万人に明解に伝える、という意味では、確かに問題があったからである。しかし、「情報化社会」と言われる時代に入り、言葉が単なる「意味のある記号」にされてしまって逆に、言葉の持つ、意味以外の要素が見直され、「多少普遍性は欠くにしても」という条件つきで、方言が見直されはじめた、というわけである。

共通語（いわゆる標準語のこと）は意味に過ぎないが、方言は言葉である。それには、意味である以外に、「ひびき」があり「匂い」があり「手触り」があり、それらを総合して体感するための実体がある。現に、こうした芝居の観客席に座ってみるとよくわかるが、共通語の芝居より方言のそれの方が、やわらかく受け取られ、その分だけ楽しい。

この同じ意味で、四字熟語も言葉である。意味の記号ではない。方言と同様、我々はそれを実体のある言葉として、体感出来る。ここへきて、思いなしか我々の日常会話の中での使用頻度が増えているような気がするのは、このせいではないかと、私は考えている。

ただし、言葉は生きものだと言われている。つまり、時代の推移に従って、少しずつ変型し、また新しいものが生まれるのである。四字熟語の場合、「焼肉定食」の項で触れたようにその兆しが全くないわけではないものの、まだ勢いは弱い。多少間違っていても、新しい利用法が出てきたり、全く新しい四字熟語が続々と出来るようになったら、その時こそ、四字熟語がよみがえったのだと、言えるだろう。

最後になったが、この原稿を連載中、また本書にまとめるに当たって尽力して下さった大修館書店編集部の五十嵐靖彦氏に、心より感謝したい。

平成十七年九月六日

別役　実

[著者紹介]

別役　実（べつやく　みのる）

劇作家。1937年旧満州生まれ。早稲田大学政経学部中退。「マッチ売りの少女」「赤い鳥の居る風景」で岸田國士戯曲賞受賞、「街と飛行船」「不思議の国のアリス」で紀伊國屋演劇賞受賞、「ジョバンニの父への旅」「諸国を遍歴する二人の騎士の物語」で芸術選奨文部大臣賞受賞。戯曲のほか、エッセイ、評論、童話なども数多く執筆し、主な著書に『マッチ売りの少女／象』『虫づくし』『けものづくし』『日々の暮し方』『満ち足りた人生』『当世 商売往来』『思いちがい辞典』『都市の鑑賞法』『ことわざ悪魔の辞典』『さんずいづくし』『別役実のコント教室』『ベケットと「いじめ」』などがある。

左見右見《とみこうみ》 四字熟語《よじじゅくご》

NDC810 218p 20cm

初版第1刷――2005年11月1日

著者――別役《べつやく》　実《みのる》
発行者――鈴木一行
発行所――株式会社大修館書店
〒101-8466　東京都千代田区神田錦町3-24
電話　03-3295-6231（販売部）/03-3294-2355（編集部）
振替　00190-7-40504
[出版情報] http://www.taishukan.co.jp

装丁者――山崎　登
印刷所――精興社
製本所――牧製本

ISBN4-469-22173-2　Printed in Japan